시

가

된

미

래

에

서

일러두기

· 원래 311편으로 구성된 『시경』의 작품 중 6편은 제목만 남아 있고 내용은
  전하지 않는 생시(笙詩)이다. 이에 305편의 시들을 내용에 따라 풍(風)·아
  (雅)·송(頌)으로 분류한다. 풍(風)은 15개 지역에서 채집한 민가(民歌)의
  성격을 띠고, 아(雅)는 조정의 연회나 의식에서 연주됐던 악가(樂歌)인데
  소아(小雅)와 대아(大雅)로 나뉜다. 송(頌)의 시들은 대부분 귀족 문인이
  지었으며 종묘(宗廟) 제사에서 연주되었다.

· 이 책에서는 풍(風)과 소아(小雅)에 속하는 시들만을 선별했다. 풍(風)은
  곧 국풍(國風)이라 일컬으며 주남(周南)·소남(召南)·패풍(邶風)·용풍(鄘
  風)·위풍(衛風)·왕풍(王風)·정풍(鄭風)·제풍(齊風)·위풍(魏風)·당풍(唐
  風)·진풍(秦風)·진풍(陳風)·회풍(檜風)·조풍(曹風)·빈풍(豳風)이 있다.
  소아(小雅)의 경우 녹명지십(鹿鳴之什)·백화지십(白華之什)·동궁지십
  (彤弓之什)·기보지십(祈父之什)·소민지십(小旻之什)·북산지십(北山之
  什)·상호지십(桑扈之什)·도인사지십(都人士之什)으로 분류한다. 선별한
  40편의 시 번역문 하단에서 해당 작품이 속하는 바를 밝혀두었다.

· 시의 번역은 기존에 출간된 『신역 시경』(이기석·한백우 역해, 이가원 감수,
  홍신문화사, 1984), 『현토완역 시경집전』(성백효 역주, 전통문화연구회,
  1993), 『시명다식』(정학유 저, 허경진·김형태 번역, 한길사, 2007), 『시경
  강의』(정약용 저, 실시학사 경학연구회 번역, 사암, 2008), 『시경』(정상홍
  역주, 을유문화사, 2014), 『모시정의 1-8』(박소동 외 역주, 전통문화연
  구회, 2016-2023), 『현토완역 시경집전』(박소동 역주, 전통문화연구회,
  2019) 등 여러 역서들의 번역과 해설을 두루 참조했다. 선배 학자 선생님
  들의 노고와 가르침에 기대어 이 책을 쓸 수 있었다.

· 단어를 이룬 한자의 뜻을 새기고 싶은 경우와 인명(人名), 서명(書名), 지
  명(地名) 등의 고유명사는 한자를 병기했다. 한자와 한문을 우리말로 풀
  이한 단어나 문장은 대괄호 안에 원문을 병기했다. 『시경』의 시를 비롯해
  발췌한 글에서 한문 원문을 쓴 경우에는 우리말 독음을 병기했다.

시
가
된
미
래
에
서

최
다
정

아침달

아주 오래된 시심詩心

한자로 쓰인 제일 오래된 시집 『시경』 이야기

기원전 세상의 시는 항간巷間 여기저기에 생활처럼 흩어져 있었다. 생활이 만든 표정을 감당하며 살기 위해 사람들은 마음을 노래하기로 했다. 한자로 기록된 그 노래 가사들은 중국 최초의 시이다. 채시관采詩官은 사람들이 읊는 시를 채집하러 다녔다. 나라 깊숙한 곳에 사는 사람들의 마음을 듣기 위해서였다. 또 한편에선 공경대부公卿大夫가 시를 지어 천자天子에게 바치는 헌시獻詩 제도를 운영했다. 그렇게 기원전 11세기 주나라 때부터 기원전 6세기 춘추전국시대 무렵까지 중국에서 수집해 망라한 시들은 305편으로 간추려져 우리에게 『시경詩經』으로 남아 전해진다.

불경佛經이나 성경聖經처럼 '경經'은 어떤 세계를 믿는 사람들에 의해 신성시되는 귀한 이야기이다. 하나의 세계 가운데에 우뚝 선 중심축인 것이다. 한자로 시를 짓고 향유하는 것이 기본 소양이었던 옛 문인에게 『시경』은 시의 경經, 시의 기준이자 전범이었다. 공자孔子의 가르침을 따른 한자문화권의 유학자儒學者는 성인聖人의 뜻이 담긴 사서오경四書五經을 생애 내내 곁에 두고 익혔다. 일찍이 공자는 제자들에게 유교 경전 중에도 『시경』의 중요성을 특별히 피력한 바 있다. 이에 선비들은 유학을 체득해 벼슬길에 오르고 시 쓰는 힘을 기르기 위한 교본으로서 『시경』의 작품 하나하나를 세밀히 탐독했다.

조선시대 정조正祖 임금은 당대 촉망받는 학자들에게 『시경』에 수록된 시의 주제와 배경, 시어의 의미, 각종 해설의 타당성 등에 대한 수백 가지 질문을 던지고 답안을 제출하도록 명하기도 했다. 이때 정조의 질문지를 받았던 한 명의 학자인 정약용丁若鏞(1762-1836)은 『시경강의詩經講義』를 편찬하며 그 서문序文에서 "『시경』의 시는 한 글자의 뜻을 잘못 읽으면 한 구句의 뜻이 어두워지고, 한 구의 뜻을 잘못 읽으면 한 장章의 뜻이 어지러워지고, 한 장의 뜻을 잘못 읽으면 한 편篇의 뜻이 서로 동떨어지게 된다."라고 말했다. 정약용의 언급처럼 선조 시인들은 시 속 허사虛辭 한 글자에 담긴 맥락까지도 해독하려 치열하게 애썼다.

그런 덕분에『시경』에는 그간 명망 있는 학자들이 골똘한 탐구 끝에 붙여둔 해설들이 주렁주렁 매달렸다. 조선과 청나라의 학자들은 말할 것도 없고, 바로 최근에 이르기까지도 선배 선생님들이 펴낸『시경』주해서註解書들을 읽을 때마다 나는 자주 까마득해졌다. 혜안慧眼이 부족한 초학자가 명성 높은『시경』을 나대로 공부해 옹색한 감상을 풀어낸다는 것에 몹시 부담을 느껴서였다. 그럼에도 꿋꿋이『시경』을 읽고 산문 쓰기 작업을 이어온 건, 시를 사랑하는 동시대 독자들에게 나의『시경』독법讀法을 소개하고 싶다는 생각 때문이었다.

나는『시경』의 시들을 경전 텍스트로 읽기에 앞서 문학의 한 장르인 시로 접근했다. 그렇게 하려 애썼다기보다는『시경』의 작품들을 마주한 접심接心이 먼저 그런 방식으로 작동했다. 아름다운 것을 너무 많이 보고 느낄 때면 숨 고를 시간이 필요해지는데,『시경』을 한창 읽을 때 그랬다.『시경』의 시들을 독해하다 보면 어김없이 잠깐씩 멈추어 호흡을 골라야 하는 순간들이 찾아왔다. 오래된 시가 선사해준, 근원에 대한 깊은 공감에서 비롯된 감격이었다. 한자라는 문자를 과거와 공유함으로써 기원전 시인이 지녔던 시심詩心을 알아채는 희열은 아찔하리만치 컸다.

　『시경』에서 우리가 건져 올릴 수 있는 시심詩心은 선명하다. 기원전의 시어가 짓고 있는 안색顔色도 결국 우리를 둘러싼 자연, 자연 속에 놓인 인간의 마음이 만든 것이다.『시경』의 시들에는 각종 조수초목鳥獸草木의 자연물이 등장하고 시인은 자연을 말미암아 인간의 웃음과 사랑, 눈물과 근심에 대해 말한다. 인위적인 힘을 가하지 않은 자연과 밀착해 어우러져 살았던 인간의 눈과 마음은 자연의 미세한 움직임을 더 예민하게 감각했고, 그것이 표출된 흔적이『시경』이다. 먼 옛날의 시가詩歌에서 자연과 인간은 수시로 호환되는 한 덩어리였다.『시경』을 이룬 시인들이 '자연 속 인간'을 체감하며 소환한 사랑과 위로는 지금을 사는 우리 역시 똑같이 알고 느끼는 바로 그 마음이다. 우리도 자연 안에 있기 때문이다. 지금 시를 읽고 쓰는 우리의 마음은 어쩌면 오랜 옛날 쓰인 『시경』을 둘러싸고 형성되어 확장해온 시심詩心인지도 모른다.

　　『시경』 305편의 작품 중 각별한 감흥을 일게 했던 40편을 꼽아 소개하고 나의 감상을 적었다. 책을 관통하며 끈질기게 붙잡고 있는 세 주제는 자연, 시, 사랑이다. 자연, 시, 사랑의 삼각형이 지나온 과거와 진행 중인 현재를 지나 미래에는 어떻게 흘러갈지 책을 짓는 내내 질문을 던지고 탐구했다. 공자는 『시경』의 시삼백詩三百을 '사무사思無邪'라는 한마디로 덮어 요약할 수 있다고 했다. 즉 『시경』의 시들에 담긴 마음에는 사특함이 없다는 뜻이다. 경전經典이라는 중압과 답안지처럼 제시되는 해설의 강박에서 벗어나, 자연 속에서 피어난 시와 사랑으로서 『시경』을 마주 보며 일찍이 공자가 강조했던 말간 시의 마음을 독자들도 만나보았으면 좋겠다.

2024년 11월
최다정

목차

여는 글   6   ·   아주 오래된 시심

16   ·   「關雎관저」
물수리새의 이중주

20   ·   「汝墳여분」
방어의 꼬리가 붉어졌다

22   ·   「甘棠감당」
사물의 장소

26   ·   「小星소성」
별 아래서 숙연히

30   ·   「柏舟백주」
말아둘 수 없는 마음이지만

36   ·   「綠衣녹의」
도반

40   ·   「日月일월」
사랑의 속성

46   ·   「終風종풍」
단장취의

50   ·   「式微식미」
진흙을 만드는 이슬

56   ·   「北風북풍」
봄에 내린 함박눈

62   ·   시와 나 1
내가 읽은 시

64 · 「牆有茨장유자」
하지 말았어야 하는 말

70 · 「定之方中정지방중」
거북의 대답

76 · 「河廣하광」
별안간

80 · 「木瓜목과」
열매 한 알을 선물로 줄게요

84 · 「黍離서리」
시광

92 · 「君子陽陽군자양양」
우리 같이 춤을 추자

96 · 「兎爰토원」
그물에 걸린 슬픔 수집가

102 · 「緇衣치의」
검정에 대한 곡해

108 · 「蘀兮탁혜」
바람에 호응한 나무

114 · 「東門之墠동문지선」
사랑하는 두 사람은
같은 보폭으로 걷는다

118 · 시와 나 2
내가 기댄 시

120 · 「子衿자금」
과거에서 떨어져나온 편린

126 · 「野有蔓草야유만초」
우정

130 · 「東方未明동방미명」
옷을 거꾸로 입은 이유

134 · 「園有桃원유도」
복숭아나무가 일으킨 시

140 · 「山有樞산유추」
Still Life

146 · 「綢繆주무」
삼성별 뜬 밤에 해후하자

150 · 「葛生갈생」
겨울의 긴 밤 여름의 긴 낮

158 · 「蒹葭겸가」
그 사람이 모래섬에 있다

162 · 「權輿권여」
처음의 다음

166 · 「東門之楊동문지양」
동쪽 창문 앞에
백양나무 한 그루

170 · 시와 나 3
내가 지은 시

172 · 「月出월출」
시어 줍기

176 · 「隰有萇楚습유장초」
마음 없는 식물

180 · 「蜉蝣부유」
겨울을 꿈꾸는 하루살이

186 · 「鹿鳴녹명」
기쁨만 기억하는 시

190 · 「常棣상체」
동생

196 · 「庭燎정료」
촛농이 끓어 넘치는 동안에

202 · 「谷風곡풍」
쓰레기통에서 피어난 사랑

206 · 「蓼莪육아」
부모

212 · 「四月사월」
시 짓는 사람

218 · 「苕之華초지화」
능소화가 떨어진 뒤에 우리는

224 · 시와 나 4
내가 숨은 시

닫는 글   226 · 시가 된 미래에서

부록   231 · 시경 모아읽기

물수리새의 이중주

서로 정답게 노래하는 물수리새가

하수河水의 모래섬에 앉아 있다

요조숙녀窈窕淑女는

군자君子의 좋은 짝이다

關關雎鳩
관 관 저 구
在河之洲
재 하 지 주
窈窕淑女
요 조 숙 녀
君子好逑
군 자 호 구

들쭉날쭉하게 자란 노랑어리연꽃을

물길 따라가며 이쪽저쪽에서 찾는다

요조숙녀를

자나 깨나 찾아 헤매는데

찾아도 찾을 수 없어서

잘 때도 깨어 있을 때도 그립다

그리움이 길고 길어서

몸을 뒤척여볼 뿐이다

參差荇菜
참 치 행 채
左右流之
좌 우 류 지
窈窕淑女
요 조 숙 녀
寤寐求之
오 매 구 지
求之不得
구 지 부 득
寤寐思服
오 매 사 복
悠哉悠哉
유 재 유 재
輾轉反側
전 전 반 측

키가 가지런하지 않은 노랑어리연꽃을

여기저기에서 캐고 다듬는다

요조숙녀를

금琴과 슬瑟 연주하며 친애한다

키가 가지런하지 않은 노랑어리연꽃을

이리저리 삶아서 올린다

參差荇菜
참 치 행 채
左右采之
좌 우 채 지
窈窕淑女
요 조 숙 녀
琴瑟友之
금 슬 우 지
參差荇菜
참 치 행 채
左右芼之
좌 우 모 지

요조숙녀를

종과 북 연주해 즐겁게 한다

窈窕淑女
요 조 숙 녀
鍾鼓樂之
종 고 락 지

– '국풍國風' 주남周南

시는 뜻이 옮겨온 것이다. 마음 안에 있으면 뜻이고, 말로 드러
나면 시가 된다.

詩者, 志之所之也, 在心爲志, 發言爲詩.
시 자   지 지 소 지 야   재 심 위 지   발 언 위 시

-「모서毛序」

  마음 안에 있던 사랑이 시가 된 내력來歷을 톺아보기
로 했다.『시경』을 펼쳐 305편 시의 첫머리에 놓인「관저
關雎」를 읽는다. 사랑에 대한 말문을 트기 위해 시인은 물
수리새를 소환했다. "관관關關"하고 소리 내는 새의 말,
자연의 언어로 시를 열었다.

二

    강물 위 모래섬에 앉은 물수리새 한 마리가 지저귄다. 그러자 곧이어 조금 떨어진 곳에 있던 다른 물수리새가 화답하여 노래한다. 둘은 서로의 짝이다. 물수리새는 태어나면서부터 짝이 정해져 있어 일생을 자신의 짝이랑만 정겹다. 짝과는 정情이 지극하면서도 서로 친압親狎하지 않는다. 몇 발치 떨어진 각자의 자리에서 선을 넘지 않고 순順하게 유지되는 사랑. 그런 사랑은 생활에 안착할 수 있다. 화평에 도달한 사랑은 생활의 물결 위에 음표를 띄운다. 부르고 답하는 두 물수리새의 노래를 악보에 그려 연주하면 금琴과 슬瑟의 조화로운 이중주 한 곡이 완성될 것이다. 자연의 박자를 따라 흐르는 사랑 노래는 악보가 없어도 음을 이탈하지 않는다.

방어의 꼬리가 붉어졌다

저 여수汝水의 큰 둑을 따라가면서
나뭇가지를 벤다
그대를 아직 만나지 못해서
아침밥을 굶은 듯 허전하다

遵彼汝墳
준 피 여 분
伐其條枚
벌 기 조 매
未見君子
미 견 군 자
惄如調飢
녁 여 조 기

저 여수汝水의 큰 둑을 따라가면서
베어낸 자리에 다시 자란 움싹을 벤다
그대를 만나고 보니
그대는 나를 멀리해 버리지 않았네

遵彼汝墳
준 피 여 분
伐其條肄
벌 기 조 이
既見君子
기 견 군 자
不我遐棄
불 아 하 기

방鲂이라는 물고기의 꼬리는 붉어졌고
왕실王室은 불타는 듯하다
비록 불타는 듯 잔혹하더라도
부모님이 가까이에 계시다

鲂魚頳尾
방 어 정 미
王室如燬
왕 실 여 훼
雖則如燬
수 즉 여 훼
父母孔邇
부 모 공 이

– '국풍國風' 주남周南

시적 화자는 애타게 기다려온 사람이 있었다. '그를 기다린 지 오래되었다'라는 평서平敍의 문장으로는 기다림의 시간이 얼마나 지난했는지 다 보여줄 수가 없었다. 그래서 '가지를 베어낸 자리에 다시 자라난 새 가지를 또 베었다'라고 나무의 변화를 빌려와 말했다. 가지치기한 뒤 어느새 여린 곁가지가 새로 돋아났으니 계절이 한 바퀴를 돈 것이다. 나무는 시간의 흐름을 가시화可視化해냈다.

해를 넘겨 돌아온 그는 노고 끝에 지쳐 있었다. 그의 심신 상태를 형용하기 위해 '그는 노고를 겪어 지쳤다'라는 직설直說 대신 '방어魴魚의 꼬리가 붉어졌다'라는 비유比喩를 택했다. 방어는 힘들면 하얀색이었던 꼬리가 붉어진다. 완전히 붉어진 꼬리를 보고서 방어가 무척 힘들다는 사실을 알아챌 수 있다. 부역赴役을 치르고 돌아온 그는 지금 마치 꼬리가 붉어진 방어처럼 지쳐 있다는 말이다. 방어의 성질은 본래 말하려던 시적 대상에게 색깔을 입힘으로써 정곡正鵠을 보다 감각적으로 드러낸다.

인간의 형체 없는 시간, 마음, 기분을 해명하기 위해 시는 모양과 빛깔을 지닌 자연의 물체를 활용했다. 자연을 구성한 물체와 현상들의 속성을 세밀히 꿰뚫고 있었던 옛 시인은 각종 자연물을 도입해 시와 자유로이 넘나들도록 만들었다.

사물의 장소

팥배나무 무성하다

가지를 자르지도 줄기를 치지도 말라

소백召伯님의 초막草幕이 있었던 곳이다

蔽芾甘棠
폐 패 감 당
勿翦勿伐
물 전 물 벌
召伯所茇
소 백 소 발

팥배나무 무성하다

가지를 자르지도 줄기를 꺾지도 말라

소백님이 쉬어가신 곳이다

蔽芾甘棠
폐 패 감 당
勿翦勿敗
물 전 물 패
召伯所憩
소 백 소 게

팥배나무 무성하다

가지를 자르지도 줄기를 굽히지도 말라

소백님이 머무셨던 곳이다

蔽芾甘棠
폐 패 감 당
勿翦勿拜
물 전 물 배
召伯所說
소 백 소 세

– '국풍國風' 소남召南

이야기가 결여된 사물에는 온기가 감돌지 않는다. 애초부터 시가 되겠다고 작정한 사물은 없다. 기억과 애착이 투영될 때 사물은 특별해지고, 비었던 공간空間(space)은 사물로 채워진 장소場所(place)가 된다.『시경』의 시들은 자연 속 물상物象을 밟고 시상詩想으로 건너간다. 노랑어리연꽃, 다북쑥, 남가새, 꼭두서니, 팥배나무, 장초나무, 흰느릅나무…….『시경』에 수록된 생경한 이름의 풀·꽃·나무 들은 저마다 타고난 자연 속성에 기반해 시인에게 시어로 선택받았고 사람들의 사연과 손잡으며 고사古事를 이루었다. 시의 경전經典 안에서 특정한 이야기로 뿌리내린 자연물과 그 명칭은 긴 세월 동안 시어의 명맥을 잇는다.

甘棠

감당甘棠은 붉고 흰 열매가 달리는 팥배나무이다.

북경北京 고루鼓樓 앞 대가大街에는 '감당甘棠 카페咖啡' 가 있다. '甘棠'이라고 커다랗게 써 붙여둔 창문 바깥으로 는 무성한 초록 잎들이 흔들리는 나무가 보였다. 나무 곁 의 창가에 앉아 차 마시며 이야기 나누는 사람들을 지켜 보면서 소백召伯을 떠올렸다. 『시경』의 시 「감당」을 읽은 이에게 팥배나무는 곧 소백의 나무로 각인되어 있다.

주周나라(기원전 1046년-기원전 256년) 사람들은 당시 서백西伯 직책의 소공召公이 베푼 선정善政에 감사하 며 그를 숭상했다. 민간을 순시하던 소공은 팥배나무 아 래에 머물면서 사람들의 이야기를 귀담아듣고는 그들의 고충을 해결해주었다. 덕德스러운 소공을 사모한 사람들 은 그가 잠시나마 머물렀던 팥배나무에 특별한 의미를 부여해 가지 하나도 상하지 않게 나무를 가꾸었다. 그리 고 팥배나무 곁에 앉았다 간 소공을 잊지 않겠다는 마음 으로 「감당」을 지어 노래했다. 어떤 사물은 한 장소에 뿌 리내림으로 인해서 각별해진다.

뜻밖의 물상에 대한 애호愛好는 순전히 사랑에서 비롯되기도 한다. 누군가를 사랑하면 상대의 온기가 묻어 있는 사물도 덩달아 애틋해진다. 상대가 매일 앉아 있다가 빠져나간 책상 위에 놓인 사물들. 반쯤 쓰고 남은 두루마리 화장지, 문이 열려 있는 필통, 입술 자국이 남은 물컵, 볼펜이 끼워져 있는 노트. 주인 없이 덩그러니 남겨진 사물들에서 아릿한 처연함을 느낀다. 사랑하는 사람의 물건이 아니라면 소홀히 넘겼을 사물과 사물이 놓인 장소가 새삼 가련하게 다가오는 것이다.

떠난 이가 펼쳐 둔 사물들의 정렬과 모양을 훼손하지 않은 채 그 장소에 그대로 두는 마음이 여기에서 기원한다.

별 아래서 숙연히

희미하게 반짝이는 저 작은 별들

동쪽 하늘에 뜬 별 세 개, 별 다섯 개

조심스레 총총 밤길을 걷는다

이른 새벽부터 밤까지 공소公所에 머무는 건

남들과 운명이 다르기 때문이겠지

嘒彼小星
혜 피 소 성
三五在東
삼 오 재 동
肅肅宵征
숙 숙 소 정
夙夜在公
숙 야 재 공
寔命不同
식 명 부 동

희미하게 반짝이는 저 작은 별들

삼參이라는 별, 묘昴라는 별

조심스레 총총 밤길을 걷는다

이불을 끌어안고 오가는 건

남들과 운명이 똑같지 않아서겠지

嘒彼小星
혜 피 소 성
維參與昴
유 삼 여 묘
肅肅宵征
숙 숙 소 정
抱衾與裯
포 금 여 주
寔命不猶
식 명 불 유

– '국풍國風' 소남召南

빠듯했던 낮을 마감하고 밤이 된 도서관을 나설 때면 기지개 켜는 기분으로 하늘을 바라보게 된다. 가로등이 고장 난 어느 밤엔 도서관 건물 위로 별이 더 잘 보였다. 총총 자신의 자리에서 빛나는 별들을 올려다보면서 잠깐 다른 세계를 꿈꾸었다. 사막의 별 아래에서 태양이 달궈 둔 모래에 자국을 남기며 누워 있는 상상, 오아시스 주변으로 서서히 걸어온 기린과 눈이 마주치는 상상, 우주 속 다른 공간 다른 시간의 생명체와 별을 공유하는 상상. 별이 더 잘 보였을 어둠 속으로 걸어가보았다.

아주 먼 옛날, 어둠으로 먹먹해진 밤의 하늘에는 빈틈없이 모든 별들이 자리를 빛내고 있었을 테다. 기원전 사람들은 적도赤道 근처의 별들을 스물여덟 개의 구역으로 나누었고 구역을 대표하는 별에게는 이름을 지어주었다. 삼參이라는 별, 묘昴라는 별이 뜬 밤하늘을 가리키면서 저쪽이 서쪽이구나, 하고 방향을 알아챘던 사람들이다. 자연 세계 안에서 순환하는 다른 존재와의 공존을 실감한 인간은 별 아래 겸허했다.

기원전 어느 밤 고된 하루 끝에 놓인 사람이 삼參별과 묘昴별을 헤아리며 집으로 돌아가던 마음은, 도서관 앞 불 꺼진 가로등 위로 사막 별을 소환한 나의 마음과 만나 밤을 함께 걷는다. 우리는 낮에 벌어졌던 사건들에게 '운명'이라는 옷을 입혀주기로 했다. 자신의 이름으로 빛을 내는 별의 자리들은, 운명이라는 주제로 인간과 이질감 없이 묶인다. 정해진 자리에서 제 몫으로 주어진 하루의 빛을 발하는 것이 별의 소관所管이라면 나의 이름이 살아

낸 낮도 숙연함으로 받아들여질 수 있다. 엄숙과 고요로 가라앉힌 낮의 운명에게 붙여질 이름은 슬픔이 아니다.

별 아래서 숙연히

小星

말아둘 수 없는 마음이지만

두둥실 뜬 저 측백나무 배
흐르는 물 위에 떠 있는 것이지
말똥말똥 잠 못 이루는 건
애통한 근심 있어서이다
나에게 술이 없어서
즐기지 못하는 것이 아니다

汎彼柏舟
범 피 백 주
亦汎其流
역 범 기 류
耿耿不寐
경 경 불 매
如有隱憂
여 유 은 우
微我無酒
미 아 무 주
以敖以遊
이 오 이 유

내 마음은 거울이 아니라서
다 헤아릴 수가 없고
또한 형제가 있지만
의지할 수가 없어
잠깐 가서 하소연하다가
노여움만 마주하였다

我心匪鑒
아 심 비 감
不可以茹
불 가 이 여
亦有兄弟
역 유 형 제
不可以據
불 가 이 거
薄言往愬
박 언 왕 소
逢彼之怒
봉 피 지 노

내 마음은 돌이 아니라서
굴릴 수가 없고
내 마음은 돗자리가 아니라서
말아둘 수도 없다
스스로 몸가짐 돌아보아도 충분해서
꼬집을만한 흠이 없거늘

我心匪石
아 심 비 석
不可轉也
불 가 전 야
我心匪席
아 심 비 석
不可卷也
불 가 권 야
威儀棣棣
위 의 체 체
不可選也
불 가 선 야

마음이 근심스러워 안절부절하는데　　　　　憂心悄悄
　　　　　　　　　　　　　　　　　　　　우 심 초 초

여러 사람들에게 미움을 받는다　　　　　　慍于群小
　　　　　　　　　　　　　　　　　　　　온 우 군 소

괴로움 만난 적도 많고　　　　　　　　　　覯閔既多
　　　　　　　　　　　　　　　　　　　　구 민 기 다

업신여김 당한 일도 적지 않다　　　　　　　受侮不少
　　　　　　　　　　　　　　　　　　　　수 모 불 소

고요하게 이를 생각하다가　　　　　　　　　靜言思之
　　　　　　　　　　　　　　　　　　　　정 언 사 지

잠에서 깨어 가슴을 두드린다　　　　　　　　寤辟有摽
　　　　　　　　　　　　　　　　　　　　오 벽 유 표

해여 달이여　　　　　　　　　　　　　　　　日居月諸
　　　　　　　　　　　　　　　　　　　　일 거 월 저

어찌 번갈아 가며 이지러지는가　　　　　　胡迭而微
　　　　　　　　　　　　　　　　　　　　호 질 이 미

근심이 가득찬 마음은　　　　　　　　　　　心之憂矣
　　　　　　　　　　　　　　　　　　　　심 지 우 의

세탁하지 않은 옷을 입은 것만 같다　　　　　如匪澣衣
　　　　　　　　　　　　　　　　　　　　여 비 한 의

고요하게 이를 생각해보아도　　　　　　　　靜言思之
　　　　　　　　　　　　　　　　　　　　정 언 사 지

떨치고 일어나 날아갈 수가 없다　　　　　　不能奮飛
　　　　　　　　　　　　　　　　　　　　불 능 분 비

– '국풍國風' 패풍邶風

돌이 아니라서 굴릴 수 없고, 돗자리가 아니라서 말아둘 수도 없는 마음 앞에서, 기원전을 살았던 사람과 3천 년 시간 차가 무색해진다. 내 마음 하나를 어찌할 바 몰라 전전긍긍하는 모습은 여기의 나 역시 여전하기 때문이다. 물렁물렁한 마음을 단단히 뭉쳐 멀찍이 굴려버리고 싶은 심정, 무거운 마음이 내려앉아 있는 돗자리를 이제 그만 접어 넣어두고 싶은 심정을 기원전 시인과 공유한다. 근심을 끌어안고 살아가는 유형의 사람으로서, 시인이 처한 막막함이 나의 것처럼 가깝다.

동행할만한 근심일 때도 있지만 한 걸음 떼기조차 어렵게 만드는 힘 센 근심일 때도 있다. 내려야 할 버스정류장에서 내릴 용기마저 삼키는 근심이 곁에 놓여 있으면 생활은 근심에 잠식당한다. 어수선한 마음은 엉망이 된 집안 풍경에 반영되고, 하루를 여닫는 일에 휩쓸려 날짜가 흐른다. '세탁하지 않은 옷을 입은 것[如匪澣衣]'과 같은 상태로 물 위에 떠서 물의 흐름에 날들을 그냥 맡겨버리는 것이다. 그러는 것만이 최선처럼 느껴지는 시기가 종종 찾아오고, 별로인 기분을 다독이면서 하루하루 감당하는 것이 악몽을 꿀 만큼 몹시 힘겨운 날도 있다. 어느 새벽엔 악몽을 꾸다가 소리를 지르며 깨어났고 애써 다시 눈을 감았지만 나쁜 잠을 잤다. 무언가 잘못되었다는 생각은 반드시 어떤 형태로든 당장의 생활로까지 번진다. 사람들은 이런 크고 작은 근심을 품은 채로 어떻게 저마다의 시간을 뚫고 나가는 것인지, 한 사람씩 붙잡고 물어보고 싶은 심정이다.

말아둘 수 없는 마음이지만

그렇더라도 어딘가에 쉽게 하소연을 하지는 않는다. '하소연하다'라는 의미의 '愬소' 자는 '두려워하다'라는 의미도 함께 지니고 있다. 나의 간곡한 호소가 누군가에게는 절박함으로 닿지 않을 수 있고, 그때의 공허한 메아리를 감당하는 것은 더 두려운 일이다. 그걸 알면서도 또 무언갈 기대하며 하소연해보는 때도 있다. 하소연에 반사되어 돌아온 것이 포옹이 아닌 날 밤의 절망은 잠에서 깨어 가슴을 두드리는 구체적인 절망이 되어버린다. 미움받을 용기도 없으면서, 어쩌면 처음부터 이런 안절부절을 예상했으면서, 우리는 왜 매번 기대하며 외로운 선택을 저지르는 것인가.

마음은 거울이 아니기 때문이다. 마음은 맑간 거울로 비추듯 구석의 티끌까지 적나라하게 다 들여다볼 수가 없다. 그러니 나의 마음도 타인의 마음도 명징하게 헤아려 실체를 이해하기는 어려운 노릇이다. 해와 달은, 그런 무기력함 끝에 부여잡는 최후의 회복처 같은 것이다. 깊은 어둠이 내린 마음과는 무관하게 자연은 빈틈없이 환하다. 하늘은 세상이 어둠에 잠식당하는 빈틈이 생기지 않도록, 번갈아 가며 차올랐다 이지러지는 해와 달을 통해 빛을 내려보낸다.

인간은 끊임없이 어리석지만, 마음이 벼랑 끝에 서면 어떻게든 결국엔 소생蘇生할 힘을 내고야 마는 무한히 희망적인 존재이기도 하다. 극에 달하면 원래로 돌아오는 '극즉반極即反'의 순환 원리는 절망한 우리를 죽음으로 내몰지만은 않는 것이다. 지금 당장 떨치고 일어나 날아가

지 못함을 한스러워하다가도, 또 어느 날엔 갑자기 기운
이 나서 물 위에 띄워 둔 잣나무 배를 타고 멀리 떠날 용기
를 낼지도 모를 일이다.

말아둘 수 없는 마음이지만

柏舟

도반 道伴

초록
옷

綠
衣
녹
의

초록색 옷이여
옷옷은 초록색, 안감은 황색이다
마음의 걱정거리는
언제쯤 그칠 것인지

綠兮衣兮
녹 혜 의 혜
綠衣黃裏
녹 의 황 리
心之憂矣
심 지 우 의
曷維其已
갈 유 기 이

초록색 옷이여
옷옷은 초록색, 치마는 황색이다
마음의 근심거리는
언제쯤 잊힐 것인지

綠兮衣兮
녹 혜 의 혜
綠衣黃裳
녹 의 황 상
心之憂矣
심 지 우 의
曷維其亡
갈 유 기 망

초록색 실이여
그대가 다스리는 바이다
나는 옛사람을 생각하며
잘못됨이 없도록 하리라

綠兮絲兮
녹 혜 사 혜
女所治兮
여 소 치 혜
我思古人
아 사 고 인
俾無訧兮
비 무 우 혜

고운 갈포옷과 굵은 갈포옷이여
차가운 바람이 불어온다
옛사람을 생각하다 보니
진정 내 마음을 알아주는 것 같다

絺兮綌兮
치 혜 격 혜
凄其以風
처 기 이 풍
我思古人
아 사 고 인
實獲我心
실 획 아 심

– '국풍國風' 패풍邶風

지난 시절의 나는 현실 세계의 모든 것이 불완전하고 불확실하다고 생각하면서 오로지 이 세상에 없는 과거 사람들에게 기대어 살았다. 고인古人과 마음 나누며 현실에 없는 기쁨을 느꼈고 이로부터 삶의 활력이 촉발되었다. 삶은 호주머니 속에서 만지작거리는 낡은 비밀 쪽지에 대부분의 마음을 의탁해 나머지 생활이 견인 당하는 방식으로 굴러갔다. 한자로 쓰인 문헌을 통해 연결되는 고인들은 나의 삶을 반추反芻하는 도반道伴이었다.

옛 시 읊기를 좋아했다　　　　　　　　　愛吟古詩
　　　　　　　　　　　　　　　　　　　　애 음 고 시
이는 시 읊기 자체를 좋아했던 것이 아니다　非是愛吟
　　　　　　　　　　　　　　　　　　　　비 시 애 음
뜻이 높은 옛사람이　　　　　　　　　　　嘐嘐古人
　　　　　　　　　　　　　　　　　　　　교 교 고 인
진정 자신의 마음을 알아주는 듯했기 때문이다　實獲我心
　　　　　　　　　　　　　　　　　　　　실 확 아 심

—「산당 선생을 봉안하는 축문[山堂先生奉安祝文]」중

조선 전기 문인 최충성崔忠成(1458-1491)의 시문집 『산당집山堂集』에 실린 축문 일부분이다. 최충성은 옛사람이 자신의 마음을 알아준다는 생각 때문에 옛 시 읽기를 좋아했다고 한다. 이때 '實獲我心실획아심'은 『시경』 「녹의綠衣」의 한 구절이다. 축문을 쓴 사람은 최충성을 추모하면서 그가 생전 옛 시를 즐겨 읊었던 사실에 대해 『시경』의 구절을 빌려와 표현한 것이다.

익명의 과거인들이 구어口語로 읊은 노래는 한자로 기록되어 후대 사람들에게 시로 읽혔다. 나아가 경經의 지위를 얻게 된 그 시들은 중국 바깥, 한자문화권 지식인들에게로 번졌다. 조선의 시인들 역시 한자를 써서 시를 지었기에 이처럼 먼 과거인과도 시의 마음을 공유할 수 있었다. 한문학을 공부하는 내가 조선이나 청나라의 문인 학자들이 남긴 글을 반추하며 감흥받듯이, 500여 년 전 사람들은 그들보다 고대古代에 지어진 『시경』을 흠모하여 시의 전범으로 삼았던 것이다. 한자라는 같은 문자로 문학을 창작했던 옛 문인들이 경서經書를 매개로 수천 년 전 과거인과 나누었을 교감은 훨씬 풍부했으리라.

일찍이 공자孔子는 "『시경』을 배우지 않으면 제대로 말할 수가 없다"라면서 "사람으로서 『시경』의 「주남周南」과 「소남召南」을 읽지 않으면 이는 마치 얼굴을 담벼락에 대고 서 있는 것과 같다"라고 힘주어 훈계했다. 이로써 짐작할 수 있듯 『시경』의 독해 능력은 한자문화권 지식인들에게 반드시 갖추어야 하는 소양으로 자리매김해 있었다.

(공자가 말하였다.) 너희들은 어찌하여 시를 배우지 않느냐? 시는 의지意志를 흥기시키며, 시정時政을 관찰할 수 있게 하며, 사람들과 어울릴 수 있게 하며, 화를 내지 않고도 원망할 수 있게 하며, 가깝게는 어버이를 섬기고 멀게는 임금을 섬기게 하며, 새·짐승·풀·나무의 이름을 많이 알게 한다.

小子何莫學夫詩? 詩可以興, 可以觀, 可以群,
소 자 하 막 학 부 시   시 가 이 흥   가 이 관   가 이 군
可以怨, 邇之事父, 遠之事君, 多識於鳥獸草木之名.
가 이 원   이 지 사 부   원 지 사 군   다 식 어 조 수 초 목 지 명

―『논어論語』, 「양화陽貨」

옛 문인 학자에게 시 읽는 감각과 시 짓는 능력은 필수로 여겨졌고, 『시경』은 과거科擧 시험의 한 과목이기도 했다. 『시경』의 고사古事들을 숙지하고 있었던 선비들은 시를 쓸 때 『시경』에 수록된 시어나 구절을 떠올려 적재적소에서 사용함으로써, 하려는 이야기를 함축적으로 담아 전할 수 있었다. 선비들은 『시경』의 시심詩心을 체화體化하고 있다가 자유자재로 자신의 시에서 뽐냈던 것이다.

　　그렇게 기원전 시를 노래한 사람들의 마음은 여기 나에게까지 닿게 되었다. 『시경』을 읽고서 지금 이곳에 풀어놓는 감상이 또 누군가에게로 닿아 궤적을 이을지 모른다.

사랑의 속성

해와 달은

아래의 땅을 비추어준다

그 사람은

예전의 도리道里로 나를 대해주지 않는다

어찌 마음이 일정할 수 있겠는가마는

어째서 나를 돌아보지 않을 수 있나

日居月諸
일 거 월 저
照臨下土
조 림 하 토
乃如之人兮
내 여 지 인 혜
逝不古處
서 불 고 처
胡能有定
호 능 유 정
寧不我顧
영 불 아 고

해와 달은

아래의 세상을 덮어준다

그 사람은

예전처럼 나를 좋아해주지 않는다

어찌 마음이 일정할 수 있겠는가마는

어째서 나에게 보답하지 않을 수 있나

日居月諸
일 거 월 저
下土是冒
하 토 시 모
乃如之人兮
내 여 지 인 혜
逝不相好
서 불 상 호
胡能有定
호 능 유 정
寧不我報
영 불 아 보

해와 달은

어김없이 동쪽에서 떠오른다

그 사람은

아름다웠던 말이 이제는 추해졌다

어찌 마음이 일정할 수 있겠는가마는

어떻게 나를 잊어도 되는 사람으로

여긴단 말인가

日居月諸
일 거 월 저
出自東方
출 자 동 방
乃如之人兮
내 여 지 인 혜
德音無良
덕 음 무 량
胡能有定
호 능 유 정
俾也可忘
비 야 가 망

해와 달은　　　　　　　　　　　　　　日居月諸
　　　　　　　　　　　　　　　　　　　일 거 월 저

어김없이 동쪽에서 떠오른다　　　　　　東方自出
　　　　　　　　　　　　　　　　　　　동 방 자 출

아버지와 어머니께서　　　　　　　　　父兮母兮
　　　　　　　　　　　　　　　　　　　부 혜 모 혜

나를 길러주신 사랑을 잘 끝맺지 못하였다　畜我不卒
　　　　　　　　　　　　　　　　　　　휵 아 부 졸

어찌 마음이 일정할 수 있겠는가마는　　胡能有定
　　　　　　　　　　　　　　　　　　　호 능 유 정

어떻게 의리義理를 따라 나에게 보답하지　報我不述
　　　　　　　　　　　　　　　　　　　보 아 불 술

않는가

　　　　　　　　　　　　　－ '국풍國風' 패풍邶風

—

  매일 더 깊은 자국을 만드는 것들, 시간의 흐름이 곧 한 자리에 뿌리내림으로 호환되는 묵직한 사물들. 이 세상에서 변치 않는 것이 무엇이냐 묻는다면 우선 쉽사리 움직이지 않을 듯한 무거운 존재들을 꼽아볼 것이다.

  불변성不變性이 주는 안정을 아주 드물게만 경험해보았다. 해야겠다는 생각이 드는 일은 일단 저지르고 보는 성격인 나는, 빠르게 결단하고 뛰어들어 그 세계를 단숨에 파악하려 애쓴다. 가변성可變性을 상정해두는 것은 잘못된 선택으로부터 신속하게 벗어나고자 만들어 둔 탈출구이다. '변할 수 있음'이 주는 불안정한 자유에 기대어 살아왔기에 타인에게도 불변의 마음을 바라지 않았다.

  이런 삶의 태도가 언젠가부터 너무 비겁하게 느껴졌다. 사랑의 속성은 영원을 믿고 꿈꾸는 것일 테다. 제발 변하지 말아 달라고 애걸복걸할 수 있는 절절한 사랑이, 더 치열한 사랑이라 생각한다. 그렇게 소모할 커다란 에너지와 용기가 없었기에 나는 사랑 안에서 대체로, 처음 마음이 변하게 될까 봐 지레 겁먹고는 상처받기 전에 도망칠 궁리부터 하는 데 급급했다. 변하지 않길 기대하는 두려움을 감내할 만큼의 커다란 진짜 사랑을 만나지 못했기 때문이라고 애써 위안 삼곤 했다.

  도피처로서의 가변성을 상정해두지 않고 가변성 안에서도 충분히 사랑을 꾸려가며 안심할 수 있다는 걸 모른 척하고 살아왔던 것 같다. 어김없이 떴다 지는 해와 달

이 뿜는 빛의 호위 안에서 날마다 형성되는 뜻밖의 아름
다움들처럼, 사랑이 흘러가며 빚는 생활의 모양 역시 조
금씩 달라져도 괜찮다는 걸 배우고 싶었다.

깊숙하게 뿌리내려 변함없는 듯한 무거운 존재를 둘러싼 공간은 사실 휘어져 있다. 순간마다 변하는 중인 채로 시간이 흘러간다. 존재는 시공간을 점점 더 구부리면서 또 다른 무거운 존재를 끌어당긴다. 휘어진 공간의 굴곡을 따라서 두 존재는 이제 함께 움직인다. 그러나 둘은 조금 떨어진 거리에서 각자의 시공간을 따로 감각하고 있다. 저마다의 휘어진 시공간을 데리고 한편으론 서로의 세계를 구부러뜨리기도 하면서 공존한다. 따로 또 같이 쉬지 않고 변화하며 두 존재는 나란히 평온하다.

묵직한 본성本性을 잃어버리지 않고 자신의 세계를 성장시키면서 동시에 상대와의 새로운 궤도를 형성해나갈 수도 있는 것이다. 사랑은 서로의 중력장重力場, 개별 존재가 뛰노는 마당을 끌어안은 채로 공동의 운동장을 운영하며 흘러갈 때 영원을 꿈꾸게 된다. 시간이 흐르며 운동장의 빛깔과 형태는 조금씩 달라지겠지만, 변화하는 시공간 안에서 우리는 때마다의 구체적 사랑을 꾸려나가리라.

三

　처음의 색이 바래고 모양이 주름지게 되어도 두렵지
않은 사랑의 생활 안에 있다. 기어코 변하게 될 미래를 피
하지 않고 환하게 조명照明해 바라볼 수 있게 되었다.

단장취의 斷章取義

종일토록 부는 바람 終風 종풍

종일토록 거센 바람 속이었지만
나를 돌아보며 웃으니
함부로 웃으며 놀리다 보면
마음 가운데에선 슬프다

終風且暴
종 풍 차 포
顧我則笑
고 아 즉 소
謔浪笑敖
학 랑 소 오
中心是悼
중 심 시 도

하루종일 바람 불고 흙비가 내렸다
고분고분 기꺼이 와주기도 하지만
가지도 오지도 않아
그리움이 아득히 길어졌다

終風且霾
종 풍 차 매
惠然肯來
혜 연 긍 래
莫往莫來
막 왕 막 래
悠悠我思
유 유 아 사

종일을 스산한 바람이 불었는데
하루가 못되어 또 음산해지니
자다가 깨어나 다시 잠들지 못하며
생각하면 재채기가 난다

終風且曀
종 풍 차 에
不日有曀
불 일 유 에
寤言不寐
오 언 불 매
願言則嚔
원 언 즉 체

컴컴하게 구름이 껴 있고
우르릉하며 우레 소리가 들려
자다가 깨어나 다시 잠들지 못하며
생각하면 그리워진다

曀曀其陰
에 에 기 음
虺虺其靁
훼 훼 기 뢰
寤言不寐
오 언 불 매
願言則懷
원 언 즉 회

– '국풍 國風' 패풍 邶風

46

「종풍終風」의 문을 열자마자 눈앞에는 깊은 웅덩이가 만들어졌고, 나는 그 안에 기꺼이 오래도록 웅크리고 있었다. 웅크림 끝에 첫째 장章에서 시심詩心을 건져 올렸다. 종일을 몰아친 거센 바람으로부터 걸어 나와 나를 돌아보며 함부로 놀릴 수 있다는 점에서 무릎을 탁 쳤다. 원하지 않는 모양새로 흘러갔던 오늘의 끝에 나를 비웃어버린다니. 싫었던 오늘의 나를 미워하기 대신 희화화戲畫化해 비웃는 방법을 선택하는 것이 획기적인 자기 구출법일 수 있겠단 생각이 들었다. 한 발치 건너에서 종일 바람이 불었던 오늘을 재상영시켜 희극喜劇을 보듯 나를 관망하는 것이다. 그럼 무겁던 낮의 일들은 한결 가볍게 다가올지도 모른다. 비참悲慘의 저면底面에서 희화화가 형성되듯이, 마음의 중심에 슬픔의 잔상을 품은 웃음이 호탕할뿐일 수는 없겠지만 말이다.

과거부터 명망 높은 선배 학자들이 대체로 입을 모아
해석하길,「종풍」은 위衛나라 여성 장강莊姜이 주우州吁에
게 업신여김 당하는 처지를 서글피 여기며 쓴 시라고 했
다. 첫째 장章에서 시인을 돌아보며 함부로 비웃는 주체
는 시인 자신이 아니라 타인이라는 것이다. 유교문화권
나라에서『시경』의 시는 문학을 넘어서, 바르게 해독해
익혀야 할 경전經典이었다. 오랜 세월 동안 경經으로 추
앙받는 사이 사람들은 시의 토씨 하나가 지닌 의미까지
도 낱낱이 밝히고 그 배경을 분석하려 애썼다. 역사가 유
구한 시에 담긴 먼 과거의 사회문화를 명징하게 이해하
려면 심도 있는 고찰이 필요했다. 유학자儒學者의 자격을
갖추기 위한 교본으로서『시경』을 탐구했던 선비들에게,
『모시정의毛詩正義』나『시경집전詩經集傳』처럼『시경』을
풀이한 주해서註解書들은 시를 독해하는 모범 답안지로
여겨졌다.

반면 나는「종풍」에서 첫째 장을 마음대로 단장취의
斷章取義한 셈이다. 단장취의란 시에서 말하는 본뜻을 차
치且置한 채, 일부 구절만 떼어내 나의 필요와 입맛에 맞
게 재해석한 뜻으로 취해 쓰는 것을 말한다. 그렇다면
이것은 오독誤讀인가?「종풍」의 첫째 장에서 '종일토록
거센 바람 속이었지만[終風且暴] 나를 돌아보면서 웃는
[顧我則笑]' 주체가 누구인지는 드러내놓고 말해주지 않
았다. 바람 잘 날 없이 시끄러운 매일을 보내고 있던 무렵

에「종풍」을 접해 읽은 나는 첫째 장의 단어, 구절, 이미지가 내 마음에 맞게 순간적으로 형성되어 사로잡혔다. 처음 마주해 강렬히 느낀 접심接心은 아집이 되어, 선배 학자들의 주석서나 해설서의 설명이 눈에 들어오지 않았다.「종풍」의 1장을 단장취의해 당시의 내 마음에 인용引用했고, 나는 내 식대로 감상한「종풍」이 좋았다.「종풍」은 문학으로서 나에게 충분한 역할을 한 것이다.

글자들을 모아 시로 빚은 시인의 본심本心과는 무관히 시는 독자에게서 다른 빛깔과 모양으로 새롭게 재형성될 수 있다. 시인의 최초 마음으로부터 뚜벅뚜벅, 다른 방향으로 걸어가 시의 귀퉁이에 천착穿鑿하고야 마는 독자의 상상력. 시인은 독자가 고집대로 천착한 세계의 빗장을 여닫는 관리인이 될 수 없다. 이 법칙은 3천 년 전에 쓰인 시에도, 방금 막 완성된 시에도, 시 아닌 다른 예술 작품에도 모두 동일하게 적용된다.

진흙을 만드는 이슬

쇠약할 대로 쇠약해졌는데

어찌 돌아가지 않는가

그대의 일이 아니라면

내가 어찌 이슬 맞으며 여기 있겠는가

式微式微
식 미 식 미
胡不歸
호 불 귀
微君之故
미 군 지 고
胡爲乎中露
호 위 호 중 로

쇠약함이 극에 달했는데

어찌 돌아가지 않는가

그대 때문이 아니라면

내가 어찌 진흙 속에 빠져 있겠는가

式微式微
식 미 식 미
胡不歸
호 불 귀
微君之躬
미 군 지 궁
胡爲乎泥中
호 위 호 니 중

– '국풍國風' 패풍邶風

쇠할 대로 쇠했음을 감지하면서도 꼼짝없이 한자리에 머물러 곤욕을 치르는 상황이었다. 여黎나라 임금은 나라를 빼앗긴 뒤 도움을 요청하고자 위衛나라에 가 있었다. 위나라가 여나라를 구해주길 기대하며 긴 세월을 나라 밖에서 비굴하게 지냈다. 어쩔 수 없이 임금을 따라가서 괄시받으며 타국살이를 하던 여나라 사람들은, 임금과 같이 이슬 맞고 진흙탕에 빠져 있던 그들의 고충을 토로했다. 만약 총애하는 군주君主의 일이 아니었더라면 진작에 훌훌 헤어 나와 자신의 안락한 집으로 돌아갔을 것이라고 말이다.

式微

공기가 포화飽和하면 공기 중의 수증기는 엉겨 붙어 이슬이 된다. 이슬은 맺힌 자리에 있는 다른 사물을 적신다. 버티다가 끝끝내 터져 나온 것들은 반드시 상흔을 남긴다.

생활에도 포화도飽和度가 있어서, 이슬이 맺히고 진흙이 생긴다. 나는 보통 집에 돌아오려고 집 밖으로 나선다. 멀리 여행을 떠나는 것 역시 궁극적으로는 일상생활로 잘 복귀하기 위해서다. 매일의 집과 생활을 구성한 요소들이 더 이상 변화할 기미가 보이지 않을 때 갑갑함을 느낀다. 점차 쇠미해져가는 기운이 극한에 다다르고 나면 돌파구가 절실하게 된다. 답보踏步에 처한 생활을 돌파하기 위해 무엇이라도 실행할 나라는 걸 알기에, 포화 상태가 되었음을 일단 감각하자마자 새삼 숨이 좀 쉬어지기도 한다. 그러나 생활 바깥으로 걸어 나가 바깥의 날들을 꾸려가다 보면 그날들 역시 생활이 되는 순간이 오고, 그땐 다시 집으로 돌아가는 것이 생활의 돌파구가 되는 것이다.

문제는 하나가 아닌 둘이 함께인데 이슬이 내려앉는 경우이다. 애초에 기분氣分이란 건 나로 인해 생기는 것이 아니라 둘러싼 환경과 타인에 의해 생기는 유쾌함이나 불쾌함의 감정이다. 어느 한쪽의 기분에 먹구름이 끼면 둘은 속수무책으로 함께 어둠 속을 더듬어야 한다. 혼자였다면 오히려 간단했을 해결책이 둘의 마음이 엉키면 어려워진다. 포화되다가 터져버린 둘의 공기 안에서 어찌할 도리 없이 우리는 같이 진흙탕에 빠진다.

우리가 타국에서 함께 지낸 단칸방은 좁았다. 그 방에서 우린 책상 두 개를 등지게 두고 각자의 글을 썼다. 우린 상대의 기분 때문에 내 기분까지 덩달아 어두워져 땅이 젖는 날에도 기꺼이 진흙을 나누어 밟았다. 더러워진 서로의 발을 깨끗하게 닦는 방법 역시 같이 찾았다. 내 일을 뒤로하고 그의 책상 곁에 앉아 있어주거나 밤중에 갑자기 같이 술을 마시기도 하고, 성당이나 절에 가본 적도 있다. 그러다 또 마음이 포화하면 눈물이 터져 엉엉 울었다. 진흙탕에 발을 첨벙첨벙 구르다가 어느새 웃음이 피식 새어 나와 우리의 암흑 상황은 생각보다 금세 호전되기도 했다.

볕이 잘 들어 뽀송뽀송한 한국의 내 방을 두고도 굳이 타국의 작은 방에서 그와 함께 부대끼며 살아나가고 싶었다. 우리가 같은 미래로 걸어가고 있다는 중요한 사실이 둘의 마음에 굳건히 뿌리내려 있었기 때문이다. 그래서 잠깐 축축한 생활의 기분에 영영 휩쓸려가지 않을 수 있었다. 의식주를 해결하는 살림의 밀도가 포화한 우리 방에서 글을 쓸 수 없는 기분이 되면 나는 또 바깥으로 나갔다. 하지만 나가서 글을 쓰며 혼자의 시간을 보내다 보면 금세 그가 있는 우리 집으로 돌아가야겠다는 생각이 들었다. 한국으로 돌아가 함께 꾸릴 우리의 집을 자주 꿈꿨고, 그때가 되면 그리워할 귀한 시절이라고 서로에게 여러 번 말해주었다. 사랑 없이는 택하지 않았을 타국

생활이었다.

눈이 펑펑 내린 밤을 보낸 다음 날 우린 밖으로 나가서 눈사람을 만들었다. 신발이 다 젖도록 질척한 눈밭을 구르면서도 행복했다.

진흙을 만드는 이슬

봄에 내린 함박눈

북풍
北風
북풍

북풍은 차갑고

함박눈 펑펑 내린다

나를 사랑하고 좋아하는 이와

손잡고 함께 걷겠다

느긋하게 여유 부릴 수 있나

급하게 떠나가야 한다

北風其涼
북 풍 기 량
雨雪其雱
우 설 기 방
惠而好我
혜 이 호 아
携手同行
휴 수 동 행
其虛其邪
기 허 기 서
既亟只且
기 극 지 저

북풍은 세차고

함박눈 흩날린다

나를 사랑하고 좋아하는 이와

손잡고 함께 돌아가겠다

느긋하게 여유 부릴 수 있나

급하게 떠나가야 한다

北風其喈
북 풍 기 개
雨雪其霏
우 설 기 비
惠而好我
혜 이 호 아
携手同歸
휴 수 동 귀
其虛其邪
기 허 기 서
既亟只且
기 극 지 저

붉은데 여우가 아닌 것 없고

검은데 까마귀 아닌 것 없다

나를 사랑하고 좋아하는 이와

손잡고 함께 수레를 타겠다

느긋하게 여유 부릴 수 있나

급하게 떠나가야 한다

莫赤匪狐
막 적 비 호
莫黑匪烏
막 흑 비 오
惠而好我
혜 이 호 아
携手同車
휴 수 동 거
其虛其邪
기 허 기 서
既亟只且
기 극 지 저

– '국풍國風' 패풍邶風

一

시인은 악천후惡天候를 시로 썼다. 어떤 이들은 역경
속에서 서로의 사랑을 확인했다.

二

1659년 음력 3월 26일 조선에는 함박눈이 쏟아졌다. 양력으로 셈해보면 4월 17일, 봄의 절정이었다. 주먹만 한 눈송이가 쌓여 초목은 얼고 꽃가지는 부러졌다. 늦봄의 초록빛 산과 들판이 온통 새하얀 은빛으로 뒤덮였다. 겨울이 지난 지 한참 뒤의 어느 봄날 굵은 눈송이가 쏟아진 이변을 두고, 누군가는 역법曆法을 만들었다고 전해지는 전설 속 용성容成이 날짜를 잘못 계산한 탓이라 말했다.

삼월 이십육일에 함박눈이 내려
온 산은 옥빛이고 들판은 은빛이 되었다.
누가 용성容成의 탓이라 할 수 있겠는가
겨울을 늦봄으로 만든 것은 아닐까.

三月二旬六日雪
삼 월 이 순 육 일 설
千山如玉野如銀
천 산 여 옥 야 여 은
誰能請按容成罪
수 능 청 안 용 성 죄
無乃將冬作暮春
무 내 장 동 작 모 춘

　　–윤선도, 「눈송이가 주먹 크기만 해서 초목은 얼어 터지고 꽃과
　　버들은 꺾이다[雪花如手, 草木凍皴, 花柳凌挫.]」

시인은 봄으로 잘못 찾아온 겨울을, 겨울로 걸어온 봄이라 생각하기로 했다.

봄에 내린 함박눈

함박눈은 그칠 줄을 모르고 오래, 너무 많이 내렸다. 귀 안 가득히 눈보라 휘몰아치는 소리로 채워졌다. 모든 게 다 결국엔 눈더미 속으로 파묻혀버릴 것 같았다. 무릎 높이까지 발이 푹푹 빠지는 눈길을 더디게 한 발자국씩 걸어 나갔다. 이 역경에서 얼른 벗어나자며 내 손을 붙잡고 함께 걸어주는 사람이 옆에 있었다. 통제할 수 없는 자연이 아득하고 두려웠지만, 또 잠깐씩은 아름답다고 생각했다. 손으로 전해지는 그 사람의 온기에 기대어 불안에 잠식당하지 않을 수 있었다. 이 시련의 길에는 끝이 있고 우리는 어느새 집으로 무사히 돌아가 또 평범한 날들을 살아내리라고, 눈은 마침내 녹아 있을 것이라고, 서로에게 말해주었다. 세찬 북풍에 눈발이 몰아치는 날씨에 갇혔던 우리가 할 수 있는 일이라고는 손을 꼭 붙잡고 봄이 있는 곳으로 걸어 나가는 일뿐이었다. 죽음을 상정하고도 사랑에 기대어 삶을 희망하는 것처럼, 가까운 온기는 먼 불행을 덮어주었다. 내딛고 있는 곳이 어디든 둘의 포개진 걸음, 나란한 마음이라면 우리의 비애는 시가 될 수 있었다.

과거에 날씨는 커다란 은유隱喩였다. 날씨를 과학적인 '현상' 그 이상의 것으로 여겼던 것이다. 속간의 사람들은 그들에게 닥친 악천후가 난세 탓이라고 말했다. 거스를 도리 없는 위력에 휘청였지만, 세상이 포학을 휘두를수록 사람들은 더 열렬히 사랑을 더듬어 찾았다. 화창한 세상 쪽으로, 사랑하는 이와 함께 도망쳤다. 멈추지 않고 사랑을 말하는 한 풍파도, 학정虐政도, 개인의 삶을 가둘 수 없었다. 시절이 어수선해 봄에 난데없이 함박눈이 쏟아져도 항간에선 뜻밖의 사랑들이 피어났다.

이제 눈은 그쳤다. 봄을 알리는 꽃 곁에 아직 녹지 않은 눈이 하얗다. 햇볕은 하양과 초록에 반씩 걸쳐 내려앉았다. 막 벙글려는 망울들로 가득한 주말의 공원이다. 노부부는 나무 벤치에 기대어 눈을 감고 일광욕을 즐기는 중이다. 배낭을 메고 공원을 걷던 젊은이는 응달진 곳을 찾아 털썩 앉더니 책을 꺼내 읽는다. 어린 남매 중 오빠는 서툴게 네발자전거를 타고, 동생은 풍선을 들고 그 뒤를 아장아장 쫓는다. 남매의 해사한 얼굴에 햇살과 그늘이 번갈아 스쳐 간다. 우리들의 사랑은 손을 잡고 눈보라 속에서 걸어 나와 더 환하고 귀해졌다. 차가워도 녹는, 따뜻해도 녹지 않는 것이 있다.

내가
읽은
시

글이 없는 세상, 음악만 존재하는 세상이 있다면 그곳으로 가고 싶었다. 음표를 의사소통 수단 삼아서 대화하는 세상을 상상했다. 문자로 글을 구성하는 나날의 일들에 몹시 지쳐 있었다. 많은 힘을 들여 애써 꾸려가던 쓰기 생활은 끝내 고장이 나고야 말았던 것이다. 나는 얼마간 글을 잘 읽고 쓰고 말하지 못하는 상태로 지냈다. 좁은 방 책상 곁 벽에는 높이 쌓아 올려 자꾸 무너지는 여러 뭉텅이의 책더미들이 있었다. 그 앞을 오래 서성여도 결국 꺼내어 읽을 수 있는 책은 시집뿐이었다. 시집 한 권은 마치 시인이 독주獨奏로 연주하는 하나의 곡曲 같다고 생각했다. 동그란 스포트라이트가 비추는 무대 위에 홀로 선 사람. 심정心情을 연주하는 사람은 때론 짧고 가쁜 호흡으로, 때론 길고 느린 호흡으로 언어와 비언어를 자유로이 넘나들었다. 세상에는 말을 길게 하고 싶은 사람과 마음이 긴 사람, 두 종류의 사람이 있고 그중 나는 후자에 속한다. 시를 읽는 시간과 공간 안에서 비로소 용납받는 기분일 수 있었다. 시인이 언어로 남긴 악보를 따라 나의 기분을 연주해보는 것, 그것이 당시 내가 시를 통과함으로써 나를 어루만진 방식이었다.

하지 말았어야 하는 말

담장의 남가새 牆有茨 장유자

담장에 남가새 풀이 덩굴져 있는데
쓸어내 버릴 수 없다
제일 깊숙한 안방에서 피어나는 말들
차마 입 밖으로 말할 수 없다
입에 올리면
말이 추해지겠지

牆有茨
장 유 자
不可掃也
불 가 소 야
中冓之言
중 구 지 언
不可道也
불 가 도 야
所可道也
소 가 도 야
言之醜也
언 지 추 야

담장에 남가새 풀이 덩굴져 있는데
끊어내 버릴 수 없다
제일 깊숙한 안방에서 피어나는 말들
차마 구구절절 풀어낼 수 없다
자세히 풀어낸다면
말이 너무 길어지겠지

牆有茨
장 유 자
不可襄也
불 가 양 야
中冓之言
중 구 지 언
不可詳也
불 가 상 야
所可詳也
소 가 상 야
言之長也
언 지 장 야

담장에 남가새 풀이 덩굴져 있는데
솎아내 버릴 수 없다
제일 깊숙한 안방에서 피어나는 말들
차마 외워서 읊을 수 없다
외워서 되뇐다면
말이 욕되겠지

牆有茨
장 유 자
不可束也
불 가 속 야
中冓之言
중 구 지 언
不可讀也
불 가 독 야
所可讀也
소 가 독 야
言之辱也
언 지 욕 야

– '국풍國風' 용풍鄘風

담장 안 깊숙한 곳에서는 뱉어지지 말아야 하는 말들이 발화하고 있었다. 음陰이라 여겨지는 통속의 말들. 양陽을 보존하기 위해 권위자는 음을 담장 안에 가둬야 했다. 평정平靜을 깨뜨릴 추한 말이 입에서 새어 나와버리는 일을 막기 어렵다면, 담장 너머로 새어 나가지 못하도록 담장 틈을 메우는 수밖에 없었다.

나를 두른 담장 안팎으로 말이 오가는 체계가 버벅
대는 때가 있다. 고장이 난 '나'를 운영할 땐 마음대로 말
이 나오지 않는다. 하지 말았어야 하는 말은 삽시간에 입
으로부터 흘러나와 우리 마음에 덕지덕지 달라붙어 버린
다. 음성音聲에 실린 글자들이 성대와 달팽이관을 진동시
키는 순간 이미 우리의 분위기는 걷잡을 수가 없게 되어
있다. 발언해버리면, 그것이 내뱉지 말았어야 하는 말일
지라도 거두어들이지 못한다.

그래서 나는 아무 준비도 없이 갑자기 말하는 것이
너무 힘들다. 수업 첫날 불쑥 자기소개 시키는 선생님을
좋아하지 않았다. 피치 못하게 말을 저지르고 난 뒤에 달
뜨는 기분을 감당하는 데에는 안간힘이 필요했다. 말이
남기는 여운. 음성의 흔적은 긴 자국을 남겨 오래도록 가
시지 않기도 한다. 숨을 만한 곳을 찾기 전에 내가 말해야
하는 차례는 돌아오고야 만다. 함께 있던 여러 사람이 한
꺼번에 일제히 나에게로 귀를 기울이는데 나는 도무지
말할 수 있는 상태가 아닐 땐 식은땀이 흐른다. 입을 떼는
순간, 출처도 모르는 말들이 돌이키지 못하는 곳들로 뿔
뿔이 뻗어 나가버린다. 때때로 입은 마음과 관계없는 엉
뚱한 말을 내뱉기도 한다.

그래서 사람들 앞에서 말해야 하는 일이 예정되면 그
전에 하고 싶은 말들을 미리 준비하곤 한다. 황급히 테이
블 아래로 핸드폰 메모장을 열어서 꼭 하고 싶은 말들을

메모하기도 하고 어떤 때는 한글 파일 빼곡히 대사를 적어두기도 한다. 아직 당면하지 않은 발언의 상황을 가정하고, 되돌아올 사람들의 반응까지도 염두에 두면서 미리 각본을 짜는 것이다. 나의 발언 순서가 돌아오기 직전까지 나는 최선이길 바라는 상황을 연습한다.

어김없이 현실은 각본대로 연출되지 않는다. 시공간의 한 지점에는 셀 수 없는 변수가 작용해 예상치 못했던 굴곡을 만든다. 써두었던 대사를 기억해내 꾸역꾸역 그와 비슷하게 말하려다 보면, 말은 끝내 동문서답의 방향으로 흘러가버린다. 당황을 무마하려고 엉뚱한 쪽으로 번지던 말은 최후의 수단으로, 들추고 싶지 않은 나의 어느 구석까지도 폭로한다.

하지 말아야 하는 말을 해버린 꿈에서 깨고 나면, 아직 말을 꺼내지 않은 곳이 현실임에 안도한다. 결국엔 흥지으로 되돌아올 말은 하지 말았어야 하는 말이다. 흥이 새어 나가지 않게 하려고 높다란 담장을 단단히 두른다. 담장 위로 질긴 남가새 풀이 덩굴져 무성하게 뻗어 나기더라도 나는 그냥 두고 보아야만 한다. 남가새 풀을 걷어내다가 담장이 와르르 무너져버리면 기어코 속절없이 벌거벗은 나를 들키게 될 것이다. 어떤 말을 꿈속으로 가둔 것은 안간힘을 쓴 자기 보호의 결과물이다. 그는 아직 담장 안에 떠다니는 나의 말을 듣지 못했다. 우리의 분위기가 추해지지 않기 위해 어떤 말은 절대로 은연중에라도 담장을 넘어선 안 된다.

거북의 대답

어두워질 무렵 하늘 한가운데 정성定星이
떠서

초구楚丘에 궁궐을 짓는다

해그림자로 헤아려보아서

초구楚丘에 궁궐을 짓는다

개암나무와 밤나무 심고

산유자나무 오동나무 재나무 옻나무도
심어서

자라면 베어 금琴과 슬瑟을 만들 것이다

저 옛 성터에 올라가

멀리 초구楚丘를 바라본다

초구楚丘와 당읍堂邑을 바라보고

큰 산과 높은 언덕을 그림자로 헤아려보며

내려와서는 뽕나무를 키우기 적당한지
살핀다

거북점을 쳐보니 그곳이 길하여

끝내 정말로 좋다고 한다

定之方中
정 지 방 중

作于楚宮
작 우 초 궁

揆之以日
규 지 이 일

作于楚室
작 우 초 실

樹之榛栗
수 지 진 율

椅桐梓漆
의 동 재 칠

爰伐琴瑟
원 벌 금 슬

升彼虛矣
승 피 허 의

以望楚矣
이 망 초 의

望楚與堂
망 초 여 당

景山與京
영 산 여 경

降觀于桑
강 관 우 상

卜云其吉
복 운 기 길

終焉允臧
종 언 윤 장

단비가 내리니　　　　　　　　　　　　　　靈雨旣零
　　　　　　　　　　　　　　　　　　　　　영 우 기 령

저 수레 끄는 이에게 시켜　　　　　　　　命彼倌人
　　　　　　　　　　　　　　　　　　　　　명 피 관 인

새벽별이 떠 있을 때 일찍 멍에를 메도록 하여　星言夙駕
　　　　　　　　　　　　　　　　　　　　　성 언 숙 가

뽕나무밭에 가서 멈추니　　　　　　　　　說于桑田
　　　　　　　　　　　　　　　　　　　　　세 우 상 전

이 사람은 단지　　　　　　　　　　　　　匪直也人
　　　　　　　　　　　　　　　　　　　　　비 직 야 인

마음이 진실하고 깊을 뿐만 아니라　　　　秉心塞淵
　　　　　　　　　　　　　　　　　　　　　병 심 색 연

우람한 암말을 3천 필이나 갖고 있다　　　騋牝三千
　　　　　　　　　　　　　　　　　　　　　내 빈 삼 천

　　　　　　　　　　　– '국풍國風' 용풍鄘風

　　나라의 도읍을 세울 때는 반드시 거북에게 물었다.
불에 달궈진 꼬챙이를 거북의 배딱지에 꽂아 열을 가한
다. 배딱지가 갈라지는 소리와 균열한 모양새는 초구楚丘
땅이 진실로 길吉하리라고 대답했다.

　춘추春秋시대 위衛나라 문공文公은 멸망한 나라를 재건하고자 도읍을 초구楚丘 땅으로 옮겼다. 초구에서 그는 어둑해진 초저녁 하늘 한가운데에 '정성定星'이라는 별이 뜨길 기다렸다. 정성이 뜨면 하夏나라 달력으로 10월이 되었음을 알 수 있었다. 음력 10월은 농사를 짓지 않는 농한기農閑期이고 사람들은 그제야 농사 아닌 일, 예컨대 집 짓는 데에 쓸 시간이 생겼다. 정성이 떴으니 비로소 궁궐을 지을 수 있으리라 판단했다.

　그런 뒤 여덟 자[尺] 높이의 나무막대를 땅에 세워두었다. 해가 뜨고 질 때 나무막대의 그림자를 측정해서 동쪽과 서쪽을 알아냈고, 한낮의 해그림자를 보고는 남쪽과 북쪽을 가늠했다. 해그림자가 알려준 양지바른 자리에 집을 짓기로 했다.

　집을 짓고 나서는 개암나무, 밤나무, 산유자나무, 오동나무, 재나무, 옻나무를 심었다. 어린 나무를 이제 막 심었으니, 나무를 베어 거문고를 만들 수 있으려면 10년은 기다려야 했다. 그러나 시일 내의 효과를 바라며 자연의 속도를 재촉하지는 않았다.

　또한 성터가 있는 높은 곳에 올라 지형을 관망하고 산과 언덕의 그림자를 살피며 뽕나무를 키우기에 적당한 땅인지 헤아렸다. 키운 뽕나무 잎을 누에에게 먹여 고치를 생산할 수 있는 땅이라면, 이곳에서 향후 사람들은 땅을 일궈 풍요로워지리라 기대했다.

문공은 자연물들이 각자의 자리에서 마침맞게 자라나고 물러나는 때를 면밀히 관찰했다. 그의 사업은 자연이 흘러가는 순리를 역행하지 않았고 우주 본연의 질서에 부합하려 애썼다. 농사와 누에치기가 시작되는 봄에 이르니 단비가 내리고 말들은 우람하게 살쪘다. 초구 땅에서 위나라는 끝내 중흥中興을 이룩했고 사람들은 문공을 찬미하는 시를 썼다. 거북의 점괘가 사실로 현현顯現한 것이다.

거북의 대답

　여러 존재가 같은 하늘 아래 함께 어우러져 살고 있다. 땅 위에는 저마다의 존재들이 뿜어내는 힘과 운수運數들이 엉켜 있다. 그렇기에 내가 가려는 방향의 길에는 어떤 변수變數가 도사리고 있을지 모른다. 사방으로 뻗은 갈림길 앞에 선 나는 하나의 길을 택해야만 한다. 자연 안에서 순조롭게 살아 나가기 위해 인간은 본능적으로 자꾸 자연에게 묻는다. 이 길로 가는 것이 나에게 과연 복福이냐고, 공존하는 다른 자연물들에게 질문을 던지고 겸허히 대답을 기다려야 한다.

누가 황하를 넓다고 말했는가

갈대 한 가지 타고도 건널 수 있다

누가 송나라를 멀다고 말했는가

발돋움만 하면 바라볼 수도 있다

황하가 넓다지만

작은 쪽배 한 척도 띄울 수 없다

송나라가 멀다지만

하루아침 만에 갈 수도 있을 만큼 머지않다

－ '국풍國風' 위풍衛風

誰謂河廣
수 위 하 광
一葦杭之
일 위 항 지
誰謂宋遠
수 위 송 원
跂予望之
기 여 망 지

誰謂河廣
수 위 하 광
曾不容刀
증 불 용 도
誰謂宋遠
수 위 송 원
曾不崇朝
증 불 숭 조

황하가 넓다지만

河廣
하 광

어떤 곳을 계속 그리워하다 보면 별안간瞥眼間 그곳에 가 있게 된다. 나는 '별안간 공간 이동'에 능력이 있다. 이를테면 바다를 몹시 그리워했던 어느 여름 아침엔 눈을 뜨자마자 바다가 생각나, 모자 눌러쓰고 노트북을 챙겨 터미널로 가서 가장 빠른 바다행 버스에 올라탔다. 마감날이 쫓아오는 일들에 시달리던 시기였는데, 해변이 내다보이는 카페에서 종일 작업한 끝에 할 일들에 마침표를 찍고 돌아왔다. 나에겐 이런 별안간 여행의 경험치가 많이 쌓여 있다.

어떤 이유에서든 닿지 못할 것만 같은 곳이라도, 일단 얼떨결에 차표를 끊어버리면 어느새 나는 그리던 곳에 가 있었다. 버스, 기차, 비행기에서 내리면 삽시간에 나를 둘러싼 공간의 풍경이 완전히 달라지는 건 조금 충격적으로 생경한 일이다. 원래는 평범하게 흘러갈 예정이었던 오늘을 뒤흔들어 커다란 균열을 만드는 극단적 자극에 나는 중독이 되었는지도 모른다. 고향 집을 떠나와 혼자 살게 된 스무 살 이후로 줄곧 그런 중독 속에 살아오고 있는 듯하다. 아무 때나 어디로든, 누구에게도 행선지를 알리지 않고 떠나버릴 수 있다는 해방감은 나를 여러 번 구했다.

어렸을 때부터 그랬다. 항상 낯선 곳으로 최대한 멀리 혼자서 가고 싶었다. 학창 시절을 보낸 내 방 책꽂이엔 여행책이 많았다. 그중에도 제일 아끼는 건 세계 각국의 신비로운 유적지 풍경을 모아 엮은 B3 크기의 커다랗고 두꺼운 사진집이었다. 잠이 오지 않을 때면 불을 켜고 그

책을 꺼내 이집트의 피라미드, 몽골의 초원, 페루의 마추 픽추 같은 사진을 펼쳐 놓고 들여다보며 그곳에 있는 나를 상상하곤 했다. 당장 실행에 옮길 수 없었기에 상상으로나마 더 먼 곳까지 가볼 수 있었다.

어딘가를 계속 그리워했지만 반드시 특정한 '어디'여야만 하는 건 아니었다. 자주 일탈을 꿈꾸기에, 탈주를 실행에 옮길 때도 갑자기 갈 수 있는 곳의 선택지가 다양했다. 별안간 차표를 끊은 목적지는 어렴풋이 그려보았던 여러 장소 중 하나이다. 오늘의 걸음이 향하는 한 곳을 택해 거기로 가기만 하면 된다. 떠나는 일 외의 다른 영역에서 나는 빼곡하게 세워둔 계획에 따라 일을 처리하는 성격이다. 무조건 잘 해내야 한다는 부담감을 안고 맡은 일에 어떻게든 마침표를 찍고야 마는 방식의 삶을 여태껏 살아왔다. 계획대로 흘러가지 않을 때 펼쳐질 상황을 생각하면 숨이 막혀온다. 유독 여행만 갑자기 떠난다. 여행이라도, 여행만큼은, 계획하지 않고 떠나고 싶었다. 책임, 돈, 시간, 사람…… 그런 갑갑한 울타리들 바깥에서 혼자 잠시라도 얽매인 것 없이 홀홀하게 지내보려는 것이다.

그러나 도망치듯이 별안간 떠나는 여행은 단점도 있다. 먼저, 기분이 말끔히 유쾌하지만은 않다. 고등학교 3학년 때 졸지에 도망을 계획하고 점심시간에 시외버스 터미널까지 갔던 적이 있다. 결말이 무서워서 끝내는 아무 데도 가지 못하고 다시 학교로 돌아갔었다. 당면한 현실이 힘들어서 어딘가로 떠날 때면, 지금도 고등학생이었던 내가 터미널에 가며 느꼈던 쓸쓸하고 떨리는 마음이 되곤 한다. 벌써 오래전 일이지만, 지금의 내가 반드시 당장 어디로든 떠나야 하는 이유와 고등학교 3학년 시절 그날 내가 떠나야 했던 이유는 아마 크게 다르지 않을 것이다.

두 번째 단점은 주변 사람들을 섭섭하게 만든다는 점이다. 예고도 없이 훌쩍 혼자 떠나버리는 나를 가족, 친구, 연인으로 둔 가까운 사람들에게 미안할 때가 많다. 사랑과 걱정으로 내 곁을 지켜주는 그들의 마음을 서운하게 만들기 일쑤다. 하지만 그들과 함께 살아가는 날들 동안 다정하기 위해서 나는 아무 때나 혼자 마음대로 어디든 갈 수 있어야 한다고, 나는 그들에게 계속 이야기한다. 혼자 떠나버렸다고 해서, 떠나간 그곳에서 그들을 생각하지 않는 건 아니다. 오히려 더 여러 번 더 요목조목 깊이 생각하며 심지어 외로워한다. 사랑하는 그들 중 누구라도 내가 떠나올 수밖에 없었던 여기로 와주었으면 좋겠다는 생각도 자주 한다.

집으로 돌아오면, 예고 없이 잠깐 다녀온 여행은 언뜻[瞥] 눈[眼]앞에 놓였다가 금방 사라진 시간[間]이 되어 있다. 그러나 다녀온 곳이 어디든 그곳에서 나는, 집에서는 절대로 줍지 못했을 삶의 단서端緖를 하나라도 주워 왔다. 하루아침에 떠나 뜻밖으로 주웠지만, 도토리길을 본능적으로 찾아가 도토리 줍는 다람쥐처럼 알고 보면 오래전부터 나 있었던 길을 따라 반드시 가야 하는 곳에 가게 된 것인지도 모른다.

河廣

열매 한 알을 선물로 줄게요

모과
木瓜
목과

나에게 모과 한 알을 툭, 선물해주길래

나는 귀한 패옥佩玉으로 보답했다

답례하려는 것이 아니다

오래도록 좋은 사이로 지내고 싶은

마음뿐이다

投我以木瓜
투 아 이 목 과
報之以瓊琚
보 지 이 경 거
匪報也
비 보 야
永以爲好也
영 이 위 호 야

나에게 복숭아 한 알을 툭, 선물해주길래

나는 아름다운 옥구슬로 보답했다

답례하려는 것이 아니다

오래도록 좋은 사이로 지내고 싶은

마음뿐이다

投我以木桃
투 아 이 목 도
報之以瓊瑤
보 지 이 경 요
匪報也
비 보 야
永以爲好也
영 이 위 호 야

나에게 자두 한 알을 툭, 선물해주길래

나는 빛나는 옥돌로 보답했다

답례하려는 것이 아니다

오래도록 좋은 사이로 지내고 싶은

마음뿐이다

投我以木李
투 아 이 목 리
報之以瓊玖
보 지 이 경 구
匪報也
비 보 야
永以爲好也
영 이 위 호 야

– '국풍國風' 위풍衛風

꽃이 지고 난 초목草木에는 작은 열매들이 알알이 맺힌다. 처음 초목이 틔워냈던 열매 중 풍파風波를 겪어내고 살아남아 끝끝내 가지에 매달려 여문 열매는 극히 일부이다. 수확해 우리가 마주한 과실은 저마다 인고忍苦의 시간을 품고 존재하는 알알들이다. 애써 견디지 않고 허투루 살았더라면 나날의 시련에 이미 떨어지고 말았을 것이다. 잘 여물어 어엿한 과실이 된 한 알 열매가 각별하게 애틋한 이유이다. 크든 작든, 말끔하든 생채기가 났든, 마침내 결실結實로 맺힌 귀하디귀한 한 알이다.

여름 끝자락의 밤, 열띠었던 공연이 끝난 뒤 무대 아래에서 인사를 나누던 중 그녀는 하얀 휴지 뭉치를 가방에서 꺼내어 선물이라며 건네었다. 돌돌 말린 휴지를 풀어보니 안에는 예쁜 방울토마토 한 알이 반짝였다. 대뜸 "이 예쁘고 소중한 걸 어떻게 먹죠?" 물었더니, 그녀는 "앙! 하고 한입에 꽉 깨물어 맛있게 먹으면 되지요!"라고 답해왔다. 그녀는 내가 오랫동안 많이 좋아해온 가수이다.

그 여름 나는 심신이 엉망이었고, 기운을 긁어모아 겨우 몸을 일으켜 콜택시를 불러 타고 예매해두었던 밤 공연에 간 것이었다. 방울토마토를 다시 휴지로 돌돌 말아서 손에 꼭 쥐고는 집에 돌아와, 따뜻해진 토마토를 앙! 하고 깨물어 한입 가득 맛있게 먹고 잠을 잤다. 온 정성 다해 사랑으로 길렀을 여름의 시간이 맺힌 방울토마토 한 알이 그날 밤 나의 따뜻하고 시원한 이불이 되었다.

다음 계절에 그녀를 다시 만났고, 여름에 건네주었던 것이 방울토마토가 아니라 커다랗게 자라는 품종의 토마토였다는 사실을 들었다. 그리고 그 작은 토마토 한 알은 그녀의 토마토 줄기가 지난여름에 안간힘을 모아 맺은 마지막 열매였다는 것도 알게 되었다. 잎 틔우고 꽃 피워 열매를 키워낸 초목의 애타는 여정이 다다른 최후의 결실을, 나는 선물로 받은 것이었다. 보배로운 시간이 담긴 선물에는 값을 매길 수 없다.

열매 한 알을 선물로 줄게요

고향 집 마당에는 모과나무 한 그루가 있는데, 희한
하게도 해마다 단 한 알의 모과만이 달린다. 가족들에게
올해의 모과나무 열매는 내가 가져가겠다고 부탁해두었
다. 모과 한 알을 건네며 나도 지난 여름밤 토마토 한 알을
선물로 받아 들고 얼마나 기뻤는지, 그로 인해 얼마나 힘
껏 잘 살고 싶어졌었는지, 고마움을 말하려고 한다.

木瓜

시광時光

저 찰기장은 이삭을 드리웠고
彼黍離離
피 서 리 리

저 메기장에서는 싹이 돋아났다
彼稷之苗
피 직 지 묘

길을 느릿느릿 가서
行邁靡靡
행 매 미 미

마음이 울렁거린다
中心搖搖
중 심 요 요

나를 아는 사람은
知我者
지 아 자

내 마음의 근심을 말하는데
謂我心憂
위 아 심 우

나를 모르는 사람은
不知我者
부 지 아 자

내게 무얼 찾아 헤매느냐 말한다
謂我何求
위 아 하 구

아득히도 푸른 하늘이여
悠悠蒼天
유 유 창 천

누가 이렇게 만들었단 말인가
此何人哉
차 하 인 재

저 찰기장은 이삭을 드리웠고
彼黍離離
피 서 리 리

저 메기장은 이삭이 패었다
彼稷之穗
피 직 지 수

발걸음은 머뭇거리고
行邁靡靡
행 매 미 미

마음은 취한 듯하다
中心如醉
중 심 여 취

나를 아는 사람은
知我者
지 아 자

내 마음의 근심을 말하는데
謂我心憂
위 아 심 우

나를 모르는 사람은
不知我者
부 지 아 자

내게 무얼 찾아 헤매느냐 말한다
謂我何求
위 아 하 구

아득히도 푸른 하늘이여
悠悠蒼天
유 유 창 천

누가 이렇게 만들었단 말인가
此何人哉
차 하 인 재

저 찰기장은 이삭을 드리웠고 　彼黍離離
　　　　　　　　　　　　　　피 서 리 리

저 메기장은 열매를 맺었다 　彼稷之實
　　　　　　　　　　　　　피 직 지 실

가는 길은 더디고 　　　行邁靡靡
　　　　　　　　　행 매 미 미

마음은 목이 메는 듯하다 　中心如噎
　　　　　　　　　　　중 심 여 열

나를 아는 사람은 　　知我者
　　　　　　　　지 아 자

내 마음의 근심을 말하는데 　謂我心憂
　　　　　　　　　　　　위 아 심 우

나를 모르는 사람은 　不知我者
　　　　　　　　부 지 아 자

내게 무얼 찾아 헤매느냐 말한다 　謂我何求
　　　　　　　　　　　　　위 아 하 구

아득히도 푸른 하늘이여 　悠悠蒼天
　　　　　　　　　　유 유 창 천

누가 이렇게 만들었단 말인가 　此何人哉
　　　　　　　　　　　　차 하 인 재

– '국풍國風' 왕풍王風

지금 폐허가 된 공간에서도 사랑이 번지며 사람들로 북적이던 시절이 있었다. 「서리黍離」의 화자는 환란이 일기 전의 옛 서주西周 땅을 지나다가 찰기장이 이삭을 드리우고 메기장이 열매 맺어가는 모습을 마주한다. 한때 문명文明이 융성했던 땅이 지금은 식물들만 우거진 밭으로 전락한 허망함에 화자는 목이 메고 걸음이 무겁다.

『시경』의 시들은 시의 내용과 성격에 따라 풍風, 아雅, 송頌 셋으로 분류한다. 「서리」는 원래 '아雅'에 속하는 시였다. 천자국天子國으로 추존받던 주周나라의 기세는 점차 쇠하여 도읍을 동도東都로 옮겼다. 서주西周 시대의 막을 내리고 동주東周 시대 주나라는 제후국諸侯國의 반열로 지위가 강등됐다. 이에 동도東都 지역에서 채집한 시들은 더 이상 '아雅'가 아닌 '풍風'이라 칭했다. 민간의 소박한 풍속과 생활의 애환을 읊은 시들이 풍風이라면, 아雅는 주나라가 강성했을 당시 조정의 엄정한 연회나 의식에서 연주됐던 악가樂歌였다. 그래서 아雅에 속하는 시들을 품위가 더 높은 것으로 여겼다.

「서리」는 강등되어 왕풍王風이 되었다
빈아豳雅가 어쩌다 쇠하었나

王風降黍離
왕 풍 강 서 리
豳雅何其衰
빈 아 하 기 쇠

－ 이색李穡, 『목은집牧隱集』 「왕풍王風」 중

고려 후기 문신 목은牧隱 이색李穡(1328-1396)은 아雅였던 주나라의 시 「서리」가 왕풍王風으로 강등된 것을 애통해했다. 나아가 후대의 시인들은 「서리」를 말함으로써 사라진 과거의 번영에 대한 그리움을 표현하기도 했다.

黍離

옛 나라에 찰기장만 무성하여 서글펐으니　　故國當年憫黍離
　　　　　　　　　　　　　　　　　　　고 국 당 년 민 서 리

옛 신하의 비애는 그친 적이 없었네　　　　舊臣哀怨歇無時
　　　　　　　　　　　　　　　　　　　구 신 애 원 헐 무 시

태평했던 천년 세월 창성한 기운 융성하니　太平千載隆昌運
　　　　　　　　　　　　　　　　　　　태 평 천 재 융 창 운

이로부터 환회의 소리 사방에 닿으리라　　自是歡聲達四陲
　　　　　　　　　　　　　　　　　　　자 시 환 성 달 사 수

　　　　　- 구봉령具鳳齡, 『백담집柏潭集』「수헐원愁歇院」

　　조선의 구봉령具鳳齡(1526-1586)은 이미 사라지고
없는 나라인 고려의 유적 '수헐원愁歇院'을 돌아보고 쓴
시에서 「서리」의 구절과 시상詩想을 끌어왔다. 수헐원은
태조 왕건이 행차해 제를 올렸던 장소이다. 「서리」의 화
자가 주나라 옛 궁실의 터에 기장만 우거진 모습을 보며
한스러웠던 것처럼, 구봉령 역시 창성했던 고려가 망하
고 수헐원은 폐허가 된 현장을 목격하고 서글픈 감회를
느껴 시를 남겼으리라.

한시漢詩에서는 시절時節이라는 용어 대신 '빛 광光' 자를 써서 '시광時光'이라 말하기도 한다. 어둠 속에서 스포트라이트가 부분을 조명하듯이, 펼쳐진 면적 중 빛이 비춘 어느 한때의 좋은 시간을 시광이라 하는 것이다. 그러나 시간이 흘러 빛의 호위가 변화하면서 위풍당당하던 어떤 세계도 어둠 쪽으로 흩어져버리고 만다.

세계를 잃어버린 공간이 슬픈 것은 공간이 여전히 지난 시절의 기억들을 말해주기 때문이다. 빛이 환하게 비추었던 한 마디의 시간을 함께 보낸 사람들은 그때의 나와 우리가 살았던 세계를 기억한다.

찾아 헤매지만 닿을 수 없는 북적이던 기억이 있는 사람들이 빈터 앞을 서성인다. 「서리」도, 「수헐원」도, 그런 서성임이 낳은 시들이다.

시공간을 밝히도록 빛[光]을 쏘아 시광時光을 이루는 건, 사건이 일어나는 당시가 아니라 사건이 종료된 뒤의 미래에서다.

북경에 사는 동안 우리가 제일 자주 먹었던 외식 메뉴는 수제 햄버거와 맥주였다. 점심을 굶었던 어느 월요일 늦은 오후, 마땅한 식당을 찾아 한참 길을 걷다가 골목에서 단비처럼 햄버거 가게를 발견했다. 자리에 앉아 테이블 위 메뉴판을 살피는데 '快乐时光쾌락시광'이라고 커다랗게 쓰여 있었다. 맥주와 음료를 할인해주는 15시부터 20시까지의 소위 'Happy Hour' 서비스 타임을 이렇게 칭한 것이었다. 게다가 월요일에는 햄버거 하나를 사면 하나를 공짜로 주는 이벤트가 있었고, 음식의 맛과 공간 분위기를 비롯한 모든 요소가 우리 취향에 꼭 맞았다. 우리는 여러 번의 월요일 15시부터 20시 사이에 맞춰 그 가게에 가서 매번 완벽하게 기분 좋은 식사 시간을 나눴다.

귀국 전 마지막 월요일, 햄버거를 먹으러 다녀오는 길에 이야기했었다.

"세월이 훌쩍 흐르고 나서 북경에 다시 왔을 때, 여길 찾아왔는데 햄버거 가게가 사라졌으면 너무 섭섭하고 슬플 것 같아."

한국으로 돌아와서도 월요일 오후가 되면 자주 그 햄버거 가게가 생각났다. 메뉴판에 '시간'이 아니라 굳이 '시광'이라 쓰였던 것처럼 그 공간에서 그 시간, 그 시절

에만 누릴 수 있었던 유난한 기쁨을 한껏 누렸다고, 우리
는 같이 지난날을 추억했다. 좋았던 어느 한때는, 지나와
좋았다고 말할 때 그제야 비로소 그 시간이 특별히 찬란
했던 잠깐의 시광이었음을 깨닫게 되는 것도 같다. 마침
표가 찍히고 문이 닫혔다는 점은 이미 지나온 특정 시간
에 시광으로서의 정체성을 더욱 굳건히 부여하는 요소일
테다.

    시간의 스포트라이트가 비추는 시광은 끊임없이 변
하고, 살아 있는 한 과거 시광의 잔재 곁을 서성이는 일을
수도 없이 반복한다. 세월이 지난 뒤 그 햄버거 가게 주소
지 근처를 서성이며 세월이 흘렀다는 회한을 느낄 수도
있겠지만, 또 다른 시광 안에 살고 있을 우리는 조금만 글
썽이다가 이내 다시 오늘로 돌아올 것이다. 절정의 밝음
을 기억하면서 우리는 절망에 빠져버리지 않고 다른 환
한 곳을 향해 나아갈 힘을 낼 수 있는 것인지도 모른다.
「서리」의 작자 역시 무거운 걸음을 떼어 마침내 어두운
폐허를 지나 밝은 삶 쪽으로 걸어갔으리라.

우리 같이 춤을 추자

그대는 즐거워서

왼손에는 생황笙簧을 들고

오른손으론 방에서 나를 부르네

즐겁다!

그대는 신이 나서

왼손에는 새의 깃을 들고

오른손으론 춤의 공간에서 나를 이끄네

신난다!

君子陽陽
군 자 양 양
左執簧
좌 집 황
右招我由房
우 초 아 유 방
其樂只且
기 락 지 저

君子陶陶
군 자 도 도
左執翿
좌 집 도
右招我由敖
우 초 아 유 오
其樂只且
기 락 지 저

– '국풍國風' 왕풍王風

성큼성큼 다가온 사람이 대뜸 같이 춤을 추자고 손
내민다.

"나는 춤추는 법을 몰라."

"그냥 내키는 대로 아무렇게나 몸을 움직이면 돼!"

잠깐의 쑥스러움을 무릅쓰고 손과 발을 움직여보았
다. 높은 볼륨의 음악 소리로만 가득한 불 꺼진 방, 창문
바깥에서 새어 들어온 주황 빛줄기가 비춰준 상대의 움
직임을 대강 가늠해보면서 둘은 춤을 추었다. 어둠과 음
악이 만든 방 안에서 두 실루엣의 동작은 자유로웠다. 따
로 흘러가다가, 또 손을 맞잡으면 몸짓은 하나로 이어져
흘렀다. 노래 몇 곡이 바뀌는 시간 동안 둘은 다른 세계로
건너가 함께 일렁였다. 막연했던 사랑이 당장 눈앞에 구
체적인 기쁨으로 살아나 움직이는 것 같았다.

몸이 먼저 가 있는 곳으로 마음을 움직여 따라가면
나름의 춤이 되고 즐거움이 된다는 것을 그 사람은 알려
주었다. 그는 선택의 순간에 놓였을 때 선뜻 행복에 가까
운 쪽을 고르는 용기가 있는 사람이었다. 사람들이 쉽사
리 실행에 옮기지 못하고 미루는 추상抽象들을 그는 만져
지는 생활의 즐거움으로 구체화하며 날들을 꾸렸다.

그는 안심하고 마음대로 춤출 수 있는 둘만의 방을
만들었다. 둘 중 누구라도 춤이 필요한 순간이 되면 그 방
으로 서로를 초대해 기꺼이 같이 춤추며 많이 웃었다. 캄
캄해진 방에서 표정 없는 실루엣으로만 존재해도 둘은

각자 있는 그대로 자신의 모습인 채로 빈틈없이 가득 즐거웠다. 해가 뜨고 밝음이 깃든 방 안에서 저절로 움직이는 서로의 율동과 표정을 지켜봐주면서 둘은 계속 같이 춤추며 살아보기로 했다.

"비 오는 날에도 빗속에서 우리 같이 신나게 춤을 추자!"

우리 같이 춤을 추자

二

감정이 마음 안에서 움직여 말에 드러나니, 말로는 부족하기에
감탄하고 탄식하며, 감탄하고 탄식하는 것으로도 부족하기에
길게 노래하고, 긴 노래로는 부족하기에 자신도 모르는 사이
손으로 춤추고 발을 구르는 것이다.

情動於中而形於言, 言之不足, 故嗟歎之, 嗟歎之不足,
정 동 어 중 이 형 어 언 언 지 부 족 고 차 탄 지 차 탄 지 부 족
故永歌之, 永歌之不足, 不知手之舞之足之蹈之也.
고 영 가 지 영 가 지 부 족 부 지 수 지 무 지 족 지 도 지 야

– 「모서 序」

　　마음속에서 응집되지 않고 부유하던 감정들이 표출
돼 말과 시와 춤이 된다. 감정이 터져 나오는 한 끗 차이
에 의해 갈리는 예술 장르. 그중에서도 춤은 마음이 모르
는 사이에 육체가 먼저 율동하는 가장 원초적인 매체이
다. 문자로부터 해방되어, 문자화할 수 없는 본원적 힘을
무용舞蹈으로 구현하는 몸은 그 자체로 시이고 예술이다.

君子陽陽

그물에 걸린 슬픔 수집가

토끼는 여유만만 뛰어다니는데

꿩은 그물에 걸렸다

내가 태어났던 처음에는

오히려 아무 일이 없었는데

내가 태어난 뒤에는

온갖 슬픔을 만났으니

바라건대 잠들어 움직이지 않았으면

有兎爰爰
유 토 원 원
雉離于羅
치 리 우 라
我生之初
아 생 지 초
尚無爲
상 무 위
我生之後
아 생 지 후
逢此百罹
봉 차 백 리
尚寐無吪
상 매 무 와

토끼는 깡충깡충 뛰어다니는데

꿩은 그물에 걸렸다

내가 태어났던 처음에는

오히려 별일이 없었는데

내가 태어난 뒤에

온갖 걱정을 만났으니

바라건대 잠들어 깨어나지 않았으면

有兎爰爰
유 토 원 원
雉離于罦
치 리 우 부
我生之初
아 생 지 초
尚無造
상 무 조
我生之後
아 생 지 후
逢此百憂
봉 차 백 우
尚寐無覺
상 매 무 교

토끼는 느긋하게 뛰어다니는데

꿩은 그물에 걸렸다

내가 태어났던 처음에는

오히려 할 일이 없었는데

有兎爰爰
유 토 원 원
雉離于罿
치 리 우 동
我生之初
아 생 지 초
尚無庸
상 무 용

내가 태어난 뒤에

온갖 재앙을 만났으니

바라건대 잠들어 들리지 않았으면

我生之後
아 생 지 후
逢此百凶
봉 차 백 흉
尙寐無聰
상 매 무 총

– '국풍國風' 왕풍王風

「토원兎爰」을 읽다가 하나의 글자에 자꾸 걸려 넘어
졌다. '尚상'자는 시에서 제일 슬픈 표정을 지은 글자이다.
주희朱熹는『시경집전詩經集傳』에서 네 번째 구句의 尚은
'오히려 유猶', 일곱 번째 구의 尚은 '바라건대[庶幾]'라고
풀이했다.

시인은 곰곰이 슬픔의 기원을 탐독해보았다. 세상에 태어났을 때 시인은 오히려[尙] 아무렇지도 않았다. 슬픔을 모르는 다른 이들과 별반 다를 바가 없었다. 그런데 지금은 바라건대[尙] 영영 잠에서 깨어나고 싶지 않을 만큼 괴로워졌다. 슬픔에 천착穿鑿한 탓일 것이다. 슬픔을 납득하기 위해 토끼와 꿩을 소환했다. 교활한 토끼가 아니라 진중한 꿩이라서, 자신은 유독 슬픈 것이라 생각하기로 했다.

三

토끼는 잽싸게 피했는데 꿩은 얄짤 없이 그물에 걸렸다. 지켜보던 사람들은 꿩이 우둔하리만치 충직한 성정을 지녔기 때문이라고 말했다. 꿩은 함정에 빠진 와중에도 꼿꼿함을 유지하다가 안타깝게 그물에 걸려버렸고, 반면 토끼는 약삭빠르게 도망쳐 위기를 모면했다는 것이다.

꿩은 자신이 결국 근심 속에 파묻혀 살 운명이었다며 차분히 자평自評했다. 어설프게 그물을 벗어나려 발버둥 치며 사는 대신, 차라리 그물에 갇혀 움직이지 않는 쪽을 택했다. 마치 그물이 가둬주어 영영 침잠沈潛해버리길 바라기라도 했던 것처럼 말이다.

하늘로 날아가길 포기한 자신이 할 수 있는 일은 슬픔을 모으는 일뿐이라고 생각했다. 꿩은 기다랗고 화려한 깃털을 고고히 늘어뜨린 채 좁은 그물 안을 맴돌았다. 땅을 걷는 꿩의 표정은 고요히 슬펐다. 그물에 갇힌 채로 슬픔에만 골몰한 꿩은 세상에 부유浮游하는 각양각색의 슬픔을 느끼고 이해할 수 있게 되었다.

영영 깨어나고 싶지 않을 만큼 괴로웠던 시인의 슬픔
은 헛되지 않았다. 수집한 슬픔으로 시를 쓸 수 있었기 때
문이다. 아무런 슬픔도 몰라서 오히려 괜찮았던 처음이
지만 그때는 시를 쓰지 못했다. 시인은 자신이 걸린 그물
의 코를 더 촘촘히 엮었다.

검정에 대한 곡해曲解

검은색
옷

緇衣
치의

검은색 옷이 그대에게 잘 어울립니다 　　緇衣之宜兮
　　　　　　　　　　　　　　　　　치 의 지 의 혜
옷이 해지면 제가 다시 지어 드리겠습니다 　敝予又改爲兮
　　　　　　　　　　　　　　　　　폐 여 우 개 위 혜
그대 일하는 곳에 갔다가 　　　　　　　　適子之館兮
　　　　　　　　　　　　　　　　　적 자 지 관 혜
돌아오면 음식을 해서 드리겠습니다 　　　還予授子之粲兮
　　　　　　　　　　　　　　　　　선 여 수 자 지 찬 혜

검은색 옷을 입은 그대가 좋아 보입니다 　緇衣之好兮
　　　　　　　　　　　　　　　　　치 의 지 호 혜
옷이 해지면 제가 고쳐 드리겠습니다 　　敝予又改造兮
　　　　　　　　　　　　　　　　　폐 여 우 개 조 혜
그대 일하는 곳에 갔다가 　　　　　　　　適子之館兮
　　　　　　　　　　　　　　　　　적 자 지 관 혜
돌아오면 밥을 지어 드리겠습니다 　　　　還予授子之粲兮
　　　　　　　　　　　　　　　　　선 여 수 자 지 찬 혜

검은색 옷이 그대에게 넉넉히 맞습니다 　緇衣之蓆兮
　　　　　　　　　　　　　　　　　치 의 지 석 혜
옷이 해지면 제가 또 만들어 드리겠습니다 敝予又改作兮
　　　　　　　　　　　　　　　　　폐 여 우 개 작 혜
그대 일하는 곳에 갔다가 　　　　　　　　適子之館兮
　　　　　　　　　　　　　　　　　적 자 지 관 혜
돌아오면 요리해 드리겠습니다 　　　　　還予授子之粲兮
　　　　　　　　　　　　　　　　　선 여 수 자 지 찬 혜

　　　　　　　　　　　　　　　– '국풍國風' 정풍鄭風

一

　팔레트에 어떤 가지각색의 물감들을 짜두었는지와 상관없이 검정 물감을 섞으면 색들은 점차 검정으로 흡수되어 간다. 검정의 비율이 높아지다가 결국 모든 빛깔은 암흑으로 수렴하고 만다. 검정은 다채로운 색들을 삼켜 지워버리는 색이다. 사물의 색깔과 무관하게 모든 사물의 그림자는 검정이다. 살아 있는 대상의 기저에 드리워진 죽음의 검정. 나는 검정 옷 입는 걸 자주 어려워했다. 검정 옷에는 애도의 슬픔이 흠뻑 적셔져 있다고 간주했던 것 같다.

　우리가 지닌 편견을 걷어내고 과거로 거슬러 올라가 보면 그곳에선 정반대의 이야기가 피어나고 있다.

치의緇衣는 과거 경대부卿大夫의 벼슬에 있는 사람이 입었던 검정 옷이다. 정鄭나라 사람들은 치의를 입고 직책을 훌륭히 수행한 환공桓公과 무공武公을 존경하고 사랑했다. 그래서 그들이 입는 검정 옷이 해지면 다시 만들어주리라 기약하며 시를 지어 읊었다. 『예기禮記』에는 '현인 좋아하기를 「치의」처럼 한다'라는 공자孔子의 말이 수록되어 있다. 「치의」라는 시에서 현인을 좋아하는 지극한 정성을 볼 수 있다는 것이다.

조선 문인 이덕무李德懋(1741-1793)는 「치의」가 읽는 사람의 마음을 화열和悅하게 만든다고 말했다. 현인賢人을 진심으로 좋아하며 따르는 경의敬意가 시에 잘 담겨서 읽는 이에게도 화평과 기쁨으로 닿는다고 생각했기 때문이다. 이에 한자문화권의 지식인들은 친애하는 이에게 예물을 보내면서 '치의의 정情을 표한다'는 표현을 쓰곤 했다. 『시경』의 「치의」를 공유하고 있는 문인들의 세계에서 검정 옷을 통해 연상되는 이미지는 상대에 대한 숭앙과 예우였다.

곡해하지 않고 대상 그 자체를 바라본다. 지금 아닌 과거, 여기 아닌 다른 곳에 놓인 대상은 어떻게 존재하고 어떤 모양으로 인식되는지 탐구한다. 의미 부여는 그 시간 그 공간을 살아가는 사람들의 합의에 따라 이루어졌다. 대상은 긍정과 부정, 생生과 사死, 길吉과 흉凶 어느 쪽으로도 치우칠 수 있었다. 내력來歷이 밝혀진 대상은 비로소 곡해를 벗고 선입관으로부터 자유로워진다.

다른 시공간에서 검정은 죽음 아닌 생生을 상징하기도 한다. 시베리아에 사는 어떤 사람들은 새까만 까마귀를 창세신創世神으로 간주한다.

검정에 대한 곡해

바람에 호응呼應한 나무

마 른 나 뭇 잎　蘀兮　탁혜

마른 잎사귀가 떨어지려 한다

바람이 너를 불어주어야 떨어지겠지

숙叔이란 이름, 백伯이란 이름의 그대여

나를 부르면 그대에게 화답하겠다

蘀兮蘀兮
탁 혜 탁 혜
風其吹女
풍 기 취 여
叔兮伯兮
숙 혜 백 혜
倡予和女
창 여 화 여

마른 잎사귀가 떨어지려 한다

바람이 너를 불어주어야 날려가겠지

숙叔이란 이름, 백伯이란 이름의 그대여

나를 부르면 그대의 뜻을 이루어주겠다

蘀兮蘀兮
탁 혜 탁 혜
風其漂女
풍 기 표 여
叔兮伯兮
숙 혜 백 혜
倡予要女
창 여 요 여

– '국풍國風' 정풍鄭風

—

사람들은 누군가에게 좋아한다고 말하는 대신, 책 사이에 은행잎 한 장을 꽂아서 건네기도 한다.

二

　자연을 구성한 존재들이 서로를 부르고[呼] 서로에게 대답하면서[應] 사랑이 빚어지고 이별은 번진다. 존재들 사이의 호응呼應이 만든 메아리들로 인해 이 세상에서 쉼 없이 무언가는 탄생하고 무언가는 사라진다.

바람에 호응한 나무

정현鄭玄(127-200)은 '나무의 잎이 마르면 바람을 기다렸다가 떨어진다.[木葉槁待風乃落.]'라고 했다. 바람의 부름에 대한 화답으로 나무는 마른 잎들을 떨어뜨린다. 계절의 변화에 따라 잎을 틔우고 떨어뜨리는 순환은 나무에게 주어진 소임所任이고, 날씨와 바람의 도움으로 나무는 계절마다 소임을 다할 수 있다. 나무는 봄비에 대한 화답으로 싹을 돋우고, 햇빛에 대한 화답으로 꽃을 피우며, 바람에 대한 화답으로 마른 잎을 떨군다. 새싹을 발견한 누군가는 봄이 왔음을 알아채고, 또 어떤 이들은 꽃이 퍼뜨린 향기를 맡거나 곱게 물든 낙엽을 주우며 삶을 행복으로 감각한다. 식물, 동물 그리고 인간. 자연을 이룬 생명들은 서로를 부르고 화답하면서 흘러간다. 한 존재가 다른 존재를 부르며 생긴 애타는 파동은 상대에게 닿아 메아리를 만든다. 메아리가 울려 퍼져 어떤 나무는 꽃씨를 퍼뜨리고, 어딘가의 땅에는 열매가 떨어질 것이다.

좋아한다는 단도직입單刀直入의 고백보다도 은행잎이 일으킨 마음의 파장은 더 크고 길었다. 은행잎이 고스란히 꽂힌 책을 선물 받은 이는 단풍나무 아래를 지나다가 제일 예쁜 단풍잎을 골라 주웠다. 단풍잎을 잘 말려서 그에게 보내려고 써둔 엽서 봉투에 담아 두었다.

바람에 호응한 나무

사랑하는 두 사람은
같은 보폭步幅으로 걷는다

동쪽 문밖에 평평한 터가 있고

터 밖의 비탈길엔 꼭두서니 풀이 자란다

그 사람의 집은 가까워도

그 사람은 너무나 멀다

東門之墠
동 문 지 선
茹藘在阪
여 려 재 판
其室則邇
기 실 즉 이
其人甚遠
기 인 심 원

동쪽 문밖에 밤나무가 자라고

밤나무 아래로는 집들이 나란하다

어찌 그를 생각하지 않겠는가

그는 나에게 오지 않는다

東門之栗
동 문 지 율
有踐家室
유 천 가 실
豈不爾思
기 불 이 사
子不我卽
자 불 아 즉

– '국풍國風' 정풍鄭風

먼 옛날에는 장성한 남성이 바삐 걸어가는 보폭^{步幅}을 표준으로 삼아 거리^{距離}를 측량했다. 누군가의 발자국과 발자국 사이의 길이를 잣대로 당대 사람들은 어떤 두 곳 사이의 거리를 가늠한 것이다. 이동 수단이 없었던 옛날, 멀리 떨어진 곳까지 간격을 사람의 보폭으로 헤아려 보다가 이내 아득해졌으리라. 수일 밤낮을 쉼 없이 걷고 걸어도 닿기 어려운 곳에 사랑하는 사람이 가 있다면, 남은 생애 동안 다시는 만나지 못할 것이라 생각하며 절망하기도 했다.

보폭으로 거리를 재려면, 기준으로 삼은 보폭의 길이가 일정해야 한다. 이곳과 저곳 사이의 간격, 내 마음과 네 마음 사이의 간격을 재는 보폭이 다를 때, 우리는 어긋나 만날 수 없다. 한달음에 닿을 수 있는 거리에 있어도 만나지 못하는 건, 그를 향한 나의 마음 보폭이 나를 향한 그의 마음 보폭보다 종종걸음이기 때문이다.

동쪽으로 난 창문을 열면 밤나무 너머로 그가 사는 마을 어귀의 즐비한 집들까지 훤히 내다보이지만, 그리운 그를 만나지는 못한다. 그는 꼭두서니 풀이 자라는 비탈길에 올라 빈터를 건너고 밤나무를 지나야 있는 나를 만나러 오지 않을 것이다. 나의 마음으로는 몇 걸음이면 닿을 가까운 곳에 그가 있는 듯하지만, 그의 마음은 나에게 긴 거리를 두었기에 우리는 끝내 연인으로 만나질 수 없다.

사랑하는 두 사람이 있다. 보폭이 큰 한 사람은 폭을 조금 좁히고, 보폭이 좁은 한 사람은 폭을 조금 넓혀, 둘은 보폭을 맞추며 걸었다. 두 사람이 말하는 이곳에서부터 저곳까지의 거리, 마음과 마음 사이의 간격은 같았다.

내가
기댄
시

공강 시간엔 자주 교내 서점에 갔다. 대부분이 전공 관련 서적으로 채워진 대학 서점 한 귀퉁이 문학 코너에는 출간된 지 오래된 시집들이 꽂힌 구간이 있었다. 책등, 책머리, 책배에 먼지가 쌓인 초간본 시집들은 출간 당시의 물가대로 책정된 3,4천 원에 판매됐다. 말끔한 개정판이 아니라 세상에 처음 태어났던 원형 그대로 책꽂이에 꽂혀 낡아진 시집이었다. 종종 전혀 생경한 시집과 시인도 있었다. 그날의 기분에 따라 눈길이 닿게 된 제목의 시집을 꺼내어 선 채로 한참 동안 읽곤 했다. 누렇게 변색되고 얇아진 종이 모서리를 천천히 넘겼다. 그러다 심장이 두근거리는 시를 만나면 앞의 책날개로 다시금 돌아가 시인의 생년과 등단 연도를 확인했다. 내 나이 때의 시인을 가늠해보며 잠깐, 젊었던 시인을 시샘하기도 했다. 나는 대체로 꼬질꼬질하고 어눌한 대학생이었다. 마음을 상기시킨 시집 한 권을 손에 꼭 쥐고는 서점에서 나올 때면 씩씩하게 달궈진 걸음이 되었다. 며칠 동안은 어딜 가든 그 시집을 품고 다니다가, 마구 펼친 페이지에 놓인 시를 읽기도 하고 어떨 땐 '시인의 말'만 읽고는 덮었다. '시집'이라는 책의 물성物性을 좋아했던 것도 같다. 단돈 몇천 원에 구입한 가벼운 시집 한 권은 의지하기에 충분히 든든한 사물이었다.

과거에서 떨어져나온 편린片鱗

파란색 그대의 옷깃 떠올라

내 마음 아득해졌다

내가 가볼 수도 없는데

그대는 어째서 소식을 보내지 않나

靑靑子衿
청 청 자 금
悠悠我心
유 유 아 심
縱我不往
종 아 불 왕
子寧不嗣音
자 녕 불 사 음

파란색 그대의 패옥佩玉 떠올라

내 그리움 아득해졌다

내가 가볼 수도 없는데

그대는 어째서 오지 않나

靑靑子佩
청 청 자 패
悠悠我思
유 유 아 사
縱我不往
종 아 불 왕
子寧不來
자 녕 불 래

이리저리 서성거리며

높은 성루城樓에 올라 있다

하루를 못 보아도

석 달을 못 본 것만 같다

挑兮達兮
도 혜 달 혜
在城闕兮
재 성 궐 혜
一日不見
일 일 불 견
如三月兮
여 삼 월 혜

– '국풍國風' 정풍鄭風

편린片鱗은 한 대상, 한 시절 전체를 대변하는 대명사로 발탁되기도 한다. 존재감이 미미했던 조각에 각별한 인물과 인상적 사건이 얽히고 나면, 조각은 더 이상 무의미하지 않게 된다. 그런 유의미한 편린은 시간이 흐른 뒤, 어느 깊고 넓은 기억을 이끄는 실마리 역할을 할 수 있다. 과거에서 유래한 편린에 예고 없이 걸려 넘어진 날에는 다시 돌아갈 수 없는 사람과 시절을 되새김질하는 데에 온 마음을 써야 한다.

편린 1

이제는 안부를 묻지 않게 된 사람이 있다. 그 사람은 목 카라가 안쪽으로 말려 들어간 채로 셔츠를 걸치곤 했다. 어느 날 거울을 보다가 입고 있는 셔츠의 카라가 안으로 접혀 있던 모습을 발견하면 문득 다 잊고 지내던 그 사람이 떠올랐다. 그럼 어김없이 생각은 번져 그 사람과 함께였던 시절의 내 모습을 연상해내고야 말았다. 회고하고 싶지 않아 애써 묻어두고 지냈던 기억으로 기어코 데려다주고야 마는 단서端緒가 겨우 셔츠 카라인 사실에 실소했다.

편린 2

재수학원에서 수업을 마치고 나온 밤 골목엔 짙은 한방 향이 섞인 치킨구이 냄새가 진동을 했다. 당시 학원은 회사들이 밀집한 서울의 번화가에 있었고, 어둑해진 저녁 하굣길엔 퇴근한 회사원 무리를 비집고서 버스를 타러 갔다. 정류장으로 가는 골목 모퉁이의 한방 치킨구이 가게는 언제나 회사원들로 만석이었다. 번듯한 정장 차림으로 동료들과 치킨집에서 왁자지껄 맥주 마시는 모습이 재수생의 눈엔 몹시 부러운 풍경이었다. 홀로 갓 상경해 돈도 없고 두려운 것도 많았던 나날들은 어눌함과 우울함의 감정으로 각인되었다. 부러워했던 회사원 나이의 언저리가 되어 우연히 그때 그 브랜드 치킨집을 지나다 불쑥 스무 살의 기분이 생생히 되살아났다. 여전히 자주 울적해하며 어눌하게 살아가고 있는 지금의 나는 어쩌면 스무 살의 나로부터 한 뼘도 더 자라지 않았다고 생각했다.

편린 3

지금 사는 집 건물의 건너편엔 초등학교가 있다. 주중 낮 동안 집에 머물 땐 학교에서 울리는 종소리가 창문 너머 들리기도 한다. 쉬는 시간이 끝나고 수업이 시작되는 종소리, 수업이 끝나고 점심시간을 알리는 종소리가 울리면 운동장은 일제히 조용해졌다가 또 금세 떠들썩해진다. 학교 종소리의 멜로디는 밝으면서 단조로운 장조長調로 이루어져 있다. 종소리는 창밖에서 희미하게 새어 들어와 들렸다가 끊겼다가 하며 잠시 흐른다. 귀에 익은 그 종소리를 나 역시 들으며 자랐기에, 나도 모르게 끊긴 대목의 멜로디까지 기억해 내 흥얼거리게 된다. 그리고 덩달아 교실에 함께였던 사람들, 내가 앉았던 책상의 모양, 운동장에 있던 모과나무. 그런 단상들이 종소리의 선율에 얹혀 함께 흘러들기도 한다.

　태초에 '파란색'과 '학생'은 무관한 단어였다. 수천 년 전에 쓰인 시는 단어 조각들에 끈끈한 기억을 부여했다.

과거 중국의 유생儒生들은 파란 옷깃의 옷을 입고 학교에 모여 학문을 강론했다. 정鄭나라는 정사政事가 혼란해지자 학교의 제도까지 폐지했고, 배우던 이들은 더 이상 학업을 이어가기 어려워졌다. 정나라 사람들은 파란 옷깃의 옷을 입은 젊은이들이 학교에서 열띠게 공부하던 때를 아득히 그리워했다. 시인은 돌아갈 수 없는 푸른 시절에 대한 서운함을 '靑靑子衿청청자금'이란 시구에 응축해 표현했다.『시경』을 읽은 후대 시인들의 한시漢詩에서 '靑衿청금'은 학생이나 학자를 의미하는 단어로 널리 쓰이게 되었다.

들판의 덩굴풀
野有蔓草
야유만초

들판의 덩굴풀에

이슬이 방울방울 맺혔다

아름다운 사람

눈매가 맑고 예쁘다

우연히 서로 만났는데

내가 그리던 사람이다

들판의 덩굴풀에

이슬이 알알이 맺혔다

아름다운 사람

맑고 예쁜 눈매를 가졌다

약속도 하지 않고 서로 만났는데

그대와 함께하는 모든 게 좋다

野有蔓草
야 유 만 초
零露溥兮
영 로 단 혜
有美一人
유 미 일 인
淸揚婉兮
청 양 완 혜
邂逅相遇
해 후 상 우
適我願兮
적 아 원 혜

野有蔓草
야 유 만 초
零露瀼瀼
영 로 양 양
有美一人
유 미 일 인
婉如淸揚
완 여 청 양
邂逅相遇
해 후 상 우
與子偕臧
여 자 해 장

– '국풍國風' 정풍鄭風

내 친구 민아^{民阿}는 정말 예쁘다. 민아가 얼마나 예쁜 사람인지에 대해 생각하다 보면, 금방 눈물이 그렁그렁 맺힌다. 민아 역시 내 이야기를 듣다가 자주 운다. 혼자서 삼킨 눈물이 무거워 넘기지 못한 어둠의 페이지가 있었고, 민아가 대신 울어준 덕분에 나는 그 시간을 흘려보낼 수 있었다. 그 뒤로도 어김없이 또 울 것 같은 기분이 들었지만, 그때마다 민아는 나를 나무 아래로 데리고 가서 비눗방울을 불어주었다. 지난여름 우리는 틈만 나면 같이 보글거리는 무지갯빛 비눗방울 속을 뛰어다녔다.

그러다 어느 밤엔 불쑥 바다를 보러 강릉으로 달려갔다. 각자의 책가방을 베고 모래사장에 누워 있다가 민아는 대뜸 "바다에 오면 무슨 이야기를 해야 할까?" 하고 물었다. 구름, 날벌레, 불꽃, 새, 별들이 날아다니는 밤하늘을 누운 채로 하염없이 응시하면서 우리는 바다이기에 무턱대고 뱉어볼 수 있는 이야기들을 풀어놓았다. 쉬지 않고 폭죽이 터지던 밤의 해변에 몇 시간을 그대로 누워 폭죽 연기인지 구름인지 모를 아득함 속에 묻혔다가, 반짝 고개 내민 별빛에 마음을 맡겼다가, 하면서 꿈같은 밤을 함께 헤엄쳤다.

스무 살에 만난 민아와 나는 천천히 친구가 되어 왔다. 동동거리며 각자의 생활을 일구느라 한동안 얼굴을 보지 못했던 시기도 있고 또 때가 맞은 어느 계절엔 촘촘히 만나 일상을 공유하기도 했다. 서로의 호흡으로 살아

내는 시간을 가깝고 먼 곳에서 지켜봐 주는 사이, 우리의
책상 서랍엔 '민아에게' 그리고 '다정이에게'로 시작하는
편지들이 쌓였다. 시절마다 우리 앞에 놓였던 숙제들을
무사히 치르길 빌어주는 곡진한 응원으로 빼곡한 편지들
이다.

민아는 다른 점도 많은 우리가 지금까지 좋은 친구로
지낼 수 있는 이유가 눈빛이 닮았기 때문인 것 같다고 했
다. 우리는 비슷한 사물과 현상을 보며 아름다움을 느끼
고, 어쩌면 그것 역시 우리의 닮은 눈빛과 연관되어 있는
지도 모른다. 각자가 포착한 아름다움을 서로에게 말하
면서 우리는 눈 맞추며 고개를 끄덕이고 또 그러다 쉽게
눈물을 글썽인다. 언젠가 여행지의 미술관에서 머리칼이
새하얀 두 할머니가 나란히 작품을 보며 걷는 뒷모습을
찍어 민아에게 보낸 적이 있다. 저분들처럼 할머니가 되
었을 나중에도 우리는 여전히, 삶이 떨어뜨린 아름다운
조각들을 주워 함께 좋아하며 관찰하고 있을 것 같다고
이야기했었다.

바다 앞에 누웠던 강릉의 밤, 민아가 팔을 뻗어 하늘
에 손도장 찍으며 노는 사이 나는 혼자서 별똥별을 보았
다. 우리가 나누는 이런 뜬금없는 기쁨들이 오래도록 끝
나지 않게 해달라고 가만히 소원을 빌었다. 민아는 우정
友情이라고 부르는 사랑의 마음이 어떻게 생겼는지, 나에
게 그려준 친구이다.

우정도 일종의 사랑이라고 생각한다. 사랑을 쪼개어 분류해본다면 우정은 커다란 한 부분을 차지할 것이다. 그 누구와의 모든 사랑이 그렇듯, 진정한 우정은 사는 동안 당연히 주어져 느껴볼 수 있는 무조건적 감정이 아니다. 여태껏 무관했던 사람과 마음의 보폭을 맞추어 친구가 되는 일은 아득한 초원에서 네잎클로버 하나를 우연히 줍는 망외望外의 행운과도 같다.

옷을 거꾸로 입은 이유

동 트기 전에 일어나

옷을 거꾸로 입었다

서두르다 거꾸로 입은 것은

일터에서 급히 불러서이다

東方未明
동 방 미 명
顚倒衣裳
전 도 의 상
顚之倒之
전 지 도 지
自公召之
자 공 소 지

동쪽 하늘에 햇빛 번지기도 전에

옷을 거꾸로 입었다

허겁지겁 거꾸로 입은 것은

일터에서 급히 호령하기 때문이다

東方未晞
동 방 미 회
顚倒裳衣
전 도 상 의
倒之顚之
도 지 전 지
自公令之
자 공 령 지

버들가지 꺾어서 밭에 울타리 친 것을

미치광이도 두려워 넘지 못하는데

새벽인지 밤인지 가리지도 않고

너무 이르고 늦은 때에 부른다

折柳樊圃
절 류 번 포
狂夫瞿瞿
광 부 구 구
不能晨夜
불 능 신 야
不夙則莫
불 숙 즉 모

– '국풍國風' 제풍齊風

말하려는 대상의 면모를 진실에 매우 가깝게 표현해 냈을 때 '핍진逼眞'하다고 평한다. 한편, 정곡正鵠을 들춰 냄으로써 대상 전면全面의 특성을 저절로 아울러보게 만드는 것 역시 핍진의 한 방법이다. 시인은 동트기 전 어둠이 아직 걷히지 않은 때에 허둥지둥 더듬어 옷을 거꾸로 입고 집을 나서는 한 사람을 상정했다.

東方未明

二

　너무 이른 아침 혹은 너무 깊은 밤에 공소公所의 부름
을 받고 종종걸음으로 집을 나서는 이들이 있었다. 조정
朝廷이 절도를 잃고 아무 때나 신하들을 호령했기 때문이
었다. 몇 시인지와 상관없이 사람들은 하늘이 미처 환해
지지도 않았는데 늦을까 서두르고, 한밤중에도 뜬금없이
불려 나가곤 했다. 원래 조정의 법도는 색깔들을 구분할
수 있을 만큼 날이 완전히 밝아졌을 때 출근하는 것이었
다. 유들유들한 버드나무 가지로 두른 남의 집 울타리라
도 쉽게 침범하지 않는 법인데 나라에선 밤과 낮, 새벽과
아침의 경계를 아무렇지 않게 무시하고 군신들을 부렸
다. 시계가 망가진 세상처럼 되어버렸다. 사람들의 생활
에는 점점 균열이 생겼다. 해가 뜨면 일어나 아침밥을 먹
고 낮 동안은 주어진 일을 해낸 뒤 날이 어두워지면 집으
로 돌아와 하루에 마침표를 찍는, 보통의 날들을 운용하
기 어려워졌다. 옷을 거꾸로 입은 채 집을 나서 일터로 향
하는 사람이 생겨났다.

동쪽 하늘이 밝기도 전에 옷을 거꾸로 입고 출근하는 우스꽝스러운 사람은 기강紀綱이 무너진 세상의 상징적 사례이다.「동방미명東方未明」의 풍자諷刺는 핍진하다.

복숭아나무가 일으킨 시

동산에 있는 복숭아나무

열매를 따서 먹는다

마음에 근심거리가 있어서

나는 노래하고 흥얼거린다

나를 알지 못하는 사람들은

나에게 선비가 교만하다고 한다

저 사람이 옳은데

그대는 어째서 그러느냐고 한다

나의 근심을

그 누가 알겠는가

그 누가 알아주겠는가

생각하지 않아서 모르는 것이다

園有桃
원 유 도

其實之殽
기 실 지 효

心之憂矣
심 지 우 의

我歌且謠
아 가 차 요

不知我者
부 지 아 자

謂我士也驕
위 아 사 야 교

彼人是哉
피 인 시 재

子曰何其
자 왈 하 기

心之憂矣
심 지 우 의

其誰知之
기 수 지 지

其誰知之
기 수 지 지

蓋亦勿思
개 역 물 사

동산에 있는 멧대추나무

열매를 따서 먹는다

마음에 근심거리가 있어서

애오라지 나라 안을 돌아다닌다

나를 알지 못하는 사람들은

나에게 선비가 방자하다고 한다

저 사람이 옳은데

園有棘
원 유 극

其實之食
기 실 지 식

心之憂矣
심 지 우 의

聊以行國
료 이 행 국

不知我者
부 지 아 자

謂我士也罔極
위 아 사 야 망 극

彼人是哉
피 인 시 재

그대는 어째서 그러느냐고 한다   子曰何其
                             자 왈 하 기

나의 근심을   心之憂矣
                             심 지 우 의

그 누가 알겠는가   其誰知之
                             기 수 지 지

그 누가 알아주겠는가   其誰知之
                             기 수 지 지

생각하지 않아서 모르는 것이다 蓋亦勿思
                             개 역 물 사

– '국풍國風' 위풍魏風

'흥興'은 '일으키다'라는 뜻을 가진 글자이다.

복숭아나무가 일으킨 시

　『시경집전詩經集傳』에서 주희朱熹는 "흥興은 시에서 먼저 다른 사물을 말하여서, 읊으려는 말을 일으키는 것이다.[興者, 先言他物, 以引起所詠之詞也.]"라고 했다. 또한 『모시정의毛詩正義』에서는 후한後漢의 경학가經學家 정중鄭衆이 "시문에서 초목草木과 조수鳥獸를 들어서 뜻을 드러내는 것은 모두 흥興의 수사修辭이다.[詩文時擧草木鳥獸, 以見意者, 皆興辭也.]"라고 말한 기록을 볼 수 있다.

시인은 나라를 걱정하는데 사람들은 그런 시인의 마음을 몰라주고 오히려 방자하다며 비난했다. 시인은 이런 사정을 시로 써서 토로하고 싶었다. 어떤 말로 시의 문을 열까 고심 끝에, 동산의 복숭아나무를 끌어왔다. 마치 주인공이 눈앞의 복숭아를 따서 먹는 오프닝 장면으로 시작되는 극劇 작품처럼, 이야기는 불특정 사물로부터 물꼬를 트는 것이다. 「원유도園有桃」는 '흥시興詩'이다. 복숭아나무가 시를 일으켰다.

Still Life

산에는 시무나무가 있고

습지에는 흰느릅나무가 있다

그대에게 멋진 옷이 있는데도

입고서 옷자락 끌며 돌아다니지 않으면

그대에게 거마車馬가 있는데도

달리지 않고 몰지 않으면

속절없이 덜컥 죽게 된 뒤엔

다른 사람이 이를 즐길 것이다

山有樞
산 유 추
隰有榆
습 유 유
子有衣裳
자 유 의 상
弗曳弗婁
불 예 불 루
子有車馬
자 유 거 마
弗馳弗驅
불 치 불 구
宛其死矣
완 기 사 의
他人是愉
타 인 시 유

산에는 붉나무가 있고

습지에는 감탕나무가 있다

그대에게 정원이 있는데

물 뿌리고 가꾸지 않으면

그대에게 종과 북이 있는데

두들겨 연주하지 않으면

속절없이 덜컥 죽게 된 뒤엔

다른 사람이 이를 차지할 것이다

山有栲
산 유 고
隰有杻
습 유 뉴
子有廷內
자 유 정 내
弗洒弗埽
불 쇄 불 소
子有鍾鼓
자 유 종 고
弗鼓弗考
불 고 불 고
宛其死矣
완 기 사 의
他人是保
타 인 시 보

산에는 옻나무가 있고

습지에는 밤나무가 있다

山有漆
산 유 칠
隰有栗
습 유 률

그대에게 술과 밥이 있는데 　子有酒食
　　　　　　　　　　　　　자 유 주 식

어째서 매일 슬瑟을 연주하면서 　何不日鼓瑟
　　　　　　　　　　　　　하 불 일 고 슬

기뻐하고 즐거워하지 않으며 　且以喜樂
　　　　　　　　　　　　　차 이 희 락

날들은 길게 보내지 않는가 　且以永日
　　　　　　　　　　　　　차 이 영 일

속절없이 덜컥 죽게 된 뒤엔 　宛其死矣
　　　　　　　　　　　　　완 기 사 의

다른 사람이 집에 들어와 살 것이다 　他人入室
　　　　　　　　　　　　　타 인 입 실

– '국풍國風' 당풍唐風

천천히 움직이고 있는 사물을 응시할 때 종종, 살아 있다는 사실이 살갗으로 명징하게 느껴진다. 천장에 매달린 채로 느리게 춤추는 새 모양 모빌, 카페 테이블 위로 투영되어 아른거리는 나뭇잎 그림자, 얼음이 녹으면서 유리잔 겉면에 맺히고 있는 물방울들. 그 사소하게 아름다운 움직임을 영원히 지켜볼 수 없다는 생生의 유한有限함이 문득 슬픔으로 휘감기는 날도 있다. 나라는 개별 존재가 사라진 뒤에도 세상은 영영 조그맣고 커다랗게 움직이며 흘러가겠지.

　너무 많이 좋아지면 끝을 생각하게 되고 그러다 보면 슬퍼진다. 그래서 좋은 느낌이 다른 모양으로 번지기 전에 그곳에서 빠져나오려 애쓴다. 예컨대 낯선 여행지에 갔을 때 어느 가족의 평온한 주택 풍경 앞에 서서 카메라 셔터를 누르는 순간, 예고 없는 슬픔이 밀려와 황급히 자리를 벗어났던 적이 있다. 주택 마당에서 부풀어 오르는 수국과 그 둘레를 뛰노는 남매, 그들을 지켜보는 부부. 저 풍경은 내가 이 여행지를 떠난 뒤에도 자라날 테고 그러다 사라지기도 하겠구나, 나 모르게 여전히 흘러갈 아름다움이구나, 하는 생각이 왈칵 슬픔을 부른 것이다. 살아 있는 존재의 아름다움은 영원하지 않기에 비통悲痛함을 동반한다. 이 번호로 전화를 걸었을 때 언제까지 저편에서 응답이 돌아올까 하는 생각에, 어딘가로 전화를 걸다가 새삼 외롭고 무서워지기도 한다.

사라지는 건 무섭다. 그런데 한 시절의 나는 자주 사라지고 싶다는 생각을 하며 지냈었다. 합리적이지 않은 생각이라는 걸 인지하면서도 죽음을 떠올리는 일에서 도무지 벗어날 수가 없었다. 나쁜 생각에 빠져 있는 나를 지켜보던 동생은 "누나, 살아 있으니까 죽고 싶다는 생각도 할 수 있는 거야. 죽고 싶을 만큼의 괴로움도 정작 죽고 나면 느낄 수 없는 감정이잖아."라는 말을 해주었다. 무턱대고 "힘내!"라는 말보다 훨씬, 생활을 일으켜 세울 힘을 내보게 되는 말이었다.

움직이는 세상 속에서 나만 멈추는 것이 죽음이리라. 내가 속절없이 덜컥 죽고 나서도 여전히 산에 있는 나무는 자라날 것이다. 내가 살던 집의 정원에서 누군가는 또 꽃을 가꿀지 모르고, 내가 듣던 음악도 태연하게 세상을 흘러 다니겠지. 이런 식으로 생각하면 조금 억울해져서, 막 살고 싶다는 욕망이 생겨난다. 망가질까 봐 조심스럽게 다루던 삶을 그냥 내키는 대로 지르며 마구 굴려보고 싶어지는 것이다. 아끼는 옷을 옷장에 모셔두지만 않고 옷자락이 닳도록 여기저기 씩씩하게 다니는 사람, 가지고 있는 악기를 들고 거리로 나가 실컷 연주하며 사람들과 부둥켜 춤추는 사람이 되는 건, 나에게 용기가 필요한 일이다.

성인이 된 나를 지배하는 '조심操心'의 뿌리가 어디에 있을지 곰곰 반추해보면, 어김없이 어렸던 나의 마음이 떠오른다. 어린 시절의 나는 급식에 나온 반찬 중 좋아하는 걸 제일 나중에 먹는 신중한 성격의 어린이였다. 자물

山有樞

쇠가 달려 좋아하던 다이어리는 몇 해 동안 아끼다가 결국 고학년이 되었을 땐 테두리 색이 누렇게 바랜 채로 책상 서랍에 그대로였다. 사랑하는 것이 닳지 않도록 아끼던 어린이는, 곁의 가족들과 영원히 부대끼며 살아갈 수 없다는 생生의 진리를 깨닫고선 종종 이불 밖으로 나올 수 없을 만큼 깊이 슬퍼했다. 내가 가진 세상이 단 한 쪽의 끄트머리도 망가지지 않은 채로 완전하고 영원하게 안심하고 싶었던, 그 시절의 마음이 여기까지 생생히 이어져 왔다.

　　동유럽의 미술관을 걷던 중 '정물화靜物畵'가 영어로 'still life'라는 것을 새삼스럽게 인지하고는, still life를 발견할 때마다 카메라를 꺼내 사진을 찍었다. 특별한 일이 일어나고 있지 않은 생활의 정지된 한 페이지를 그림으로 옮겨둔 것이 정물화이다. 'still'은 바람 한 점 없이 고요히 멈춘 모습을 나타내는 형용사이면서, 여전히 계속해서 이어진다는 의미의 부사로도 쓰인다. 영원할 것이라 속이고 싶은 어느 때의 평화로운 삶은 한 폭의 정물과도 같다. 여름 오후 2시 햇볕이 만든 명도明度와 채도彩度의 사물, 문틈으로 들어오는 옅은 바람에 흔들리는 테이블보, 이 장면 너머로 들리는 사랑하는 이들의 생활 소음. 삶이 안심하는 한때의 시간을 영영 붙들어두고 싶다. 사라짐 뒤에도 여전할 우리의 still life.

삼성三星별 뜬 밤에 해후邂逅하자

땔나무를 모아서 묶는데　　　　綢繆束薪
　　　　　　　　　　　　　　　주 무 속 신

하늘엔 삼성三星이 떠 있다　　　三星在天
　　　　　　　　　　　　　　　삼 성 재 천

오늘 밤은 어떤 밤이길래　　　　今夕何夕
　　　　　　　　　　　　　　　금 석 하 석

이렇게 좋은 사람을 만나게 됐나　見此良人
　　　　　　　　　　　　　　　견 차 량 인

아, 그대여!　　　　　　　　　　子兮子兮
　　　　　　　　　　　　　　　자 혜 자 혜

이 좋은 사람을 어쩌나　　　　　如此良人何
　　　　　　　　　　　　　　　여 차 량 인 하

꼴을 모아서 묶는데　　　　　　綢繆束芻
　　　　　　　　　　　　　　　주 무 속 추

동남쪽 하늘 귀퉁이엔 삼성이 떠 있다　三星在隅
　　　　　　　　　　　　　　　삼 성 재 우

오늘 밤은 어떤 밤이길래　　　　今夕何夕
　　　　　　　　　　　　　　　금 석 하 석

이렇게 우연히 만나졌나　　　　見此邂逅
　　　　　　　　　　　　　　　견 차 해 후

아, 그대여!　　　　　　　　　　子兮子兮
　　　　　　　　　　　　　　　자 혜 자 혜

이 우연한 만남을 어쩌나　　　　如此邂后何
　　　　　　　　　　　　　　　여 차 해 후 하

가시나무 가지를 모아서 묶는데　綢繆束楚
　　　　　　　　　　　　　　　주 무 속 초

문 위엔 삼성이 떠 있다　　　　三星在戶
　　　　　　　　　　　　　　　삼 성 재 호

오늘 밤은 어떤 밤이길래　　　　今夕何夕
　　　　　　　　　　　　　　　금 석 하 석

이렇게 아름다운 이를 보게 됐나　見此粲者
　　　　　　　　　　　　　　　견 차 찬 자

아, 그대여!　　　　　　　　　　子兮子兮
　　　　　　　　　　　　　　　자 혜 자 혜

이 아름다운 사람을 어쩌나　　　如此粲者何
　　　　　　　　　　　　　　　여 차 찬 자 하

- '국풍國風' 당풍唐風

해가 넘어갈 무렵 삼성三星이 남쪽 하늘의 중앙에 떠올라 있으면, 음력으로 5월이 되었다는 뜻이다. 삼성은 이십팔수二十八宿의 별 중 다섯 번째 별인 심성心星의 다른 이름이다. 시후時候를 말해주는 별. 사람들은 삼성이 뜬 것을 보고 콩과 기장의 씨앗을 밭에 뿌릴 때가 되었다고 알아챘다.

二

　남쪽으로 낸 문을 열고 나가니 삼성이 문 앞에 도착해 있다. 하늘 한가운데에 떴던 별이 문 앞까지 내려와 밤이 깊었다고 알려준다. 밤바람에 꺾여 떨어진 나뭇가지들이 마당 이리저리 나뒹군다. 가지들을 주워 아궁이에 던져 넣으면 타닥타닥, 불이 타오른다. 가시나무[楚] 가지를 모아 단단히 묶어 마당에 나뭇단들을 세워두었다. 질기디질긴 가시나무 나뭇단을 타고 물 건너, 은하수라도 건너, 만나야 하는 누구를 만나러 남문 바깥으로 나서야 할 것 같다.

　삼성별 뜬 밤에 해후하자

서로 다른 곳에서 살던 두 사람이 '만나는' 일. 삼성이
뜬 밤, 두 사람은 만났다. 모든 것은 두 사람이 어느 밤 만
나는 일에서 비롯되었다. 별과 나무는 만나야 하는 두 사
람을 서로에게로 데려다주었다. 별이 뜬 것을 보고 총총
길을 나서, 단단한 가시나무로 만든 배 타고 바람 부는 방
향으로 흘러가니 그 사람과 해후邂逅했다. 오랫동안 헤어
져 있던 사람을 우연인 듯 만나게 되는 것이 해후이다. 별
이 때를 귀띔해주고 나무가 길을 내주어서 둘은 마침내
해후했다. 이미 오래전 이 계절 여기에서 만나기로 약속
했던 것처럼, 생生이 순환해 또 만난 것처럼, 우리는 만나
서 집을 지어 마당에 나무를 심고 땅을 일구며 살아가고
싶다.

"우리 해 질 녘 삼성이 하늘 한가운데로 떠오르는 걸
함께 보자, 그날 밤 이불 덮고 누워서는 날 밝으면 함께 씨
앗 뿌리자고 말하자, 별이 한 바퀴를 돌아 다시금 당도한
계절에도, 또 같은 말을 하며 영원토록 함께 살자, 함께 아
름답자."

겨울의 긴 밤 여름의 긴 낮

칡덩굴이 자라나서 가시나무를 덮고

가회톱덩굴이 들판을 덮었다

나의 아름다운 그대 여기에 없어

누가 나 혼자인 이곳에 함께하나

葛生蒙楚
갈 생 몽 초
蘞蔓于野
염 만 우 야
予美亡此
여 미 무 차
誰與獨處
수 여 독 처

칡덩굴이 자라나서 대추나무를 덮고

가회톱덩굴이 무덤가를 덮었다

나의 아름다운 그대 여기에 없어

외로이 머문 곳에 누가 함께 있어주나

葛生蒙棘
갈 생 몽 극
蘞蔓于域
염 만 우 역
予美亡此
여 미 무 차
誰與獨息
수 여 독 식

뿔로 만든 베개는 찬란하고

비단으로 짠 이불은 곱구나

나의 아름다운 그대 여기에 없어

누구와 함께 밤 지새워 아침에 이르나

角枕粲兮
각 침 찬 혜
錦衾爛兮
금 금 란 혜
予美亡此
여 미 무 차
誰與獨旦
수 여 독 단

여름의 긴 낮

겨울의 긴 밤

백 년이 흐른 뒤에야

그대의 무덤으로 돌아가겠지

夏之日
하 지 일
冬之夜
동 지 야
百歲之後
백 세 지 후
歸于其居
귀 우 기 거

겨울의 긴 밤 　　　　　　　冬之夜
　　　　　　　　　　　　　동 지 야

여름의 긴 낮 　　　　　　　夏之日
　　　　　　　　　　　　　하 지 일

백 년이 흐른 뒤에야 　　　　百歲之後
　　　　　　　　　　　　　백 세 지 후

그대의 무덤으로 돌아가겠지 　歸于其室
　　　　　　　　　　　　　귀 우 기 실

– '국풍國風' 당풍唐風

151

—

옛날 사람들이 주고받은 편지글은 계절 안부를 물으며 시작한다. 동한冬寒의 휘몰아치는 바람과 폭설에 무사했는지 묻고, 여름 편지에는 증울蒸鬱한 나날의 안위를 염려하는 대목이 반드시 등장한다. '동한'은 겨울의 차가움을, '증울'은 숨이 콱 막히도록 답답한 무더위를 말한다. 보온과 냉방 시설이 없었던 시절의 겨울밤 추위와 여름 한낮 더위는 어찌할 도리 없이 사람을 끝내 죽음에 이르게도 했으리라. 가혹한 폭한과 폭염의 시간은 집에서 기다리는 이에게 유독 길게 느껴졌고, 집 떠나 먼 곳에 있는 사람의 안위와 생사를 가늠하다가 안절부절 어쩔 줄 모르는 밤과 낮을 보냈다. 그런 겨울밤과 여름 낮은 백 년 뒤 무덤 속의 시간을 더듬어 보게 될 만큼 유독 더 길었을 테다.

겨울의 긴 밤 여름의 긴 낮

나는 긴 겨울밤과 긴 여름낮에 오히려 더 괜찮게 지낸다. 우울감이 찾아오는 주기를 헤아려보자면 보통 겨울 지나 막 봄이 되었을 때나 여름 지나 막 가을이 되었을 때, 제일 깊은 아래로 가라앉는다. 갑자기 너무 환하고 너무 포근하게 예쁜 봄, 절정까지 차올랐던 여름을 금세 잊어버린 듯한 가을이 언제나 좀 어렵다.

겨울 다음의 봄

춥고 어두웠던 겨울밤이 세력을 잃고 밝아진 세상은 예쁘고 추한 것들을 속절없이 틔워 모두 표출시켜버린다. 애써 보지 않아도 됐던 것들이 갑자기 눈에 띄어, 낱낱이 드러나는 존재감을 감당하는 게 좀 버겁다. 낮이 길어지고 밤은 짧아지기 시작하는 겨울과 여름 사이의 시기. 애써 어둠 안쪽에 숨어 살던 밤의 생활은 절기가 바뀌어 춘분春分을 지나 낮의 국면을 맞이한다. 적당한 날씨에 덩달아 적당하게 기뻐야만 할 것 같은 봄이 되면, '밝음이 우리를 지켜주지 못할 때도 있다'라는 반항심이 거세게 고개를 내민다.

기분을 다스리려 여러 공간을 전전하며 하루를 겨우 보내고 나면 기력이 바닥난다. 밤에 이르렀을 무렵에는 힘들어할 힘마저 다 소진했다는 생각에 앉아 쉴 자리를 찾는다. 환하게 웃고 떠드는 사람들을 스치며 어디로 가야 앉아 쉴 수 있을지 도통 보이지 않던 길은, 오히려 밤을 향해 캄캄해져 갈 때 서서히 윤곽을 드러내기도 한다. 종일 같은 자리에 떠 있었지만 해가 지면 드디어 빛을 발하기 시작하는 별자리들처럼, 어둠에 말미암아 살아 있음을 증명하는 존재도 있는 것이다. 어둠의 호위 안에서 애써 밝지 않아도 될 때, 낮의 사태는 사그라들어 수습된다.

　진을 빼고 다다른 밤에 혼자를 달래는 가장 신속한 방법은 맥주를 마시는 일이었다. 초저녁, 동네 호프집 문을 열고 들어가면 대체로 알바생은 조용히 눈인사만 건넸다. 매번 같은 맥주를 시킨다는 걸 알면서도 그는 물 한 잔과 메뉴판을 내 자리로 가져다주며 테이블 위의 초에 불을 붙였다. 다른 곳보다 맥주가 몇백 원 더 비싼 그 호프집에 굳이 가는 이유는 나를 모른 체해주는 무심한 알바생, 손자국이 잘 나는 유리 물잔, 내가 앉으면 켜지는 촛불 때문이었다. 맥주를 기다리는 동안 유리 물잔을 초 곁에 놓아두면, 잔 속에 갇힌 유리 기포들이 불빛에 반짝이며 무지갯빛을 냈다. 바다 위에 뜬 별과 무지개 같다고 여러 번 생각했다. 술에 취해 노트북을 펼쳐 한글 파일을 켜고서 낮 동안 목구멍에 걸려 맴돌던 말들을 쏟아냈다. 얼마간은 쓸 수 있는 취한 밤만을 바라며 살았다. 혼자인 밤이 되면 모든 게 다 글로 가라앉아 정리될 수 있었다.

　그러나 혼자서 찾은 평정은 자기혐오 끝에 느끼는 자포자기의 심정 같은 것이다. 초봄의 밤에 사실은 누구라도 우연히 마주치길 간곡히 바랐고, 한편으론 누구도 나를 도와줄 수 없으리라 반색했다. 혼자 취할 수 있는 밤이 짧아질수록 초조해졌다.

여름 다음의 가을

어정쩡한 봄이 끝나고 이제 확실하게 더운 여름이구나, 라는 느낌을 받자마자 좀 활력이 돈다. 겨울이 다 갔다는 사실을 그제야 좀 인정하고 받아들이게 되는 것도 같다. 푸름으로 가득 찬 여름 더위의 시간을 살아내는 건, 물속을 헤엄치는 행위와 닮았다. 물속에서 한참 동안 수영을 하다가 나왔는데 바깥은 해가 져서 이미 쌀쌀해져 있을 때의 아쉬움처럼, 여름을 보낸 끝에 날씨가 차가워지면 어쩐지 아쉽고 섭섭하다. 여름을 함께 보낸 인견 베개와 이불을 세탁해 접어 넣어둘 때는 해 질 녘 수영장을 뒤로하고 집으로 돌아가는 어린 아이의 마음이 된다. 쨍한 초록과 푸른 바다를 보여주던 유별난 여름이었으면서 이렇게 한순간에 이별이라니, 싶은 것이다. 사람들의 이마와 나무의 잎사귀마다 방울방울 맺혔던 여름 땀방울들이 한순간 말라버렸다는 게 서운했다.

그래서 여름 뒤 찾아온 가을에 잎들의 색이 물들면 자꾸만 초록이었던 잎의 지난 시절을 되짚어 보게 됐다. 시간의 변화가 현현顯現해 눈에 생생히 보이고 손에 만져지는 일이 그다지 유쾌하지 않았다. 나는 여름의 초록을 많이 좋아한다. 나무를 좋아하기 때문이다. 여름 동안 핸드폰 사진첩에는 나무 기둥 문양을 확대해 찍은 사진, 하늘을 배경으로 한 나뭇잎 사진, 비 온 날 나뭇잎이 매달고 있는 물방울 사진 같은 것이 제일 많다. 풍성하고 물기 가득했던 나무의 초록이 생기를 잃고 색이 변하다가 곧 나목裸木이 된다는 걸 실감하는 데에는 시간이 필요했다.

초록의 시간을 추억으로 접어 넣어두는 게 못내 아쉬우면 연남동延南洞에 찾아갔다. 낮보다 밤이 더 길어지는 추분秋分을 지나 겨울이 시작된다는 입동立冬에 이르러서도 연남동에 가면 초록 잎이 달린 플라타너스를 볼 수 있다. 우연히 11월의 연남동을 걷다가 여전하게 초록인 플라타너스를 덜컥 발견했다. 여름을 등지고 서둘러 가을로 가려는 다른 나무들과 사람들을 진정시키며, 여름을 천천히 보내주려는 연남동 플라타너스들이 애틋했다. 유난스럽게 땀 뻘뻘 흘린 여름이었는데 금방 절기가 바뀌어버린 것을 나만 받아들이지 못한 게 아니구나 싶어서 고맙기도 했다. 여름의 잔상을 붙잡고 가을을 어려워하는 사람에게만 연남동 플라타너스의 비밀을 말해주었다.

겨울의 긴 밤 여름의 긴 낮

그래서 나는 꼭짓점을 찍은 여름 낮의 증울한 폭염이 봄의 나른함보다 쉽고, 매서운 바람이 휘몰아치는 겨울이 가을의 선선함보다 쉽다. 어중간한 감각들을 다 끌어안고 일렁이는 시절을 태만하게 경유하는 것보다는, 도통 아무 기억도 나지 않을 정도로 땀을 뻘뻘 흘리거나 오들오들 떠는 편이 내 심신 건강엔 더 이로웠다.

치아가 썩어 통증이 찾아오면, 일부러 윗니 아랫니를 한껏 세게 앙, 다물어 통증을 더 강하게 오랫동안 느껴버리곤 한다. 일종의 자해自害라고 생각한다. 온 사물을 꽝꽝 얼려버리는 추위와 환함을 넘어선 뙤약볕 아래에서, 뭐든 될 대로 되라 생각해버리는 식의 묘한 해방감을 느낀 것도 같은 종류의 감각일 테다. 어찌 됐든 덕분에 나는 겨울의 긴 밤과 여름의 긴 낮에 오히려 괜찮게 지낼 수 있다. 그러니 끝장나게 춥고 더운 겨울과 여름보다는 후덥지근하고 쌀쌀한 봄과 가을에, 사람들이 나에게 안부를 물어주었으면 좋겠다.

그 사람이 모래섬에 있다

갈대 푸르고

흰 이슬은 서리가 되었다

그 사람이

강 한편에 있어

물살 거슬러 올라가려는데

길이 험준하고 아득하다

물결 따라 내려가려 해도

완연히 강물의 가운데에 있네

蒹葭蒼蒼
겸 가 창 창
白露爲霜
백 로 위 상
所謂伊人
소 위 이 인
在水一方
재 수 일 방
遡洄從之
소 회 종 지
道阻且長
도 조 차 장
遡游從之
소 유 종 지
宛在水中央
완 재 수 중 앙

갈대 우거졌고

흰 이슬은 아직 마르지 않았다

그 사람이

물가에 있어

물살 거슬러 올라가려는데

길이 험준하고 가파르다

물결 따라 내려가려 해도

가만히 강물 속 모래섬에 있네

蒹葭凄凄
겸 가 처 처
白露未晞
백 로 미 회
所謂伊人
소 위 이 인
在水之湄
재 수 지 미
遡洄從之
소 회 종 지
道阻且躋
도 조 차 제
遡游從之
소 유 종 지
宛在水中坻
완 재 수 중 지

갈대 무성하고

흰 이슬은 아직 그치지 않았다

蒹葭采采
겸 가 채 채
白露未已
백 로 미 이

그 사람이

강가에 있어

물살 거슬러 올라가려는데

길이 험준하고 어긋난다

물결 따라 내려가려 해도

그대로 강물 속 모래섬에 있네

所謂伊人
소 위 이 인
在水之涘
재 수 지 사
遡洄從之
소 회 종 지
道阻且右
도 조 차 우
遡游從之
소 유 종 지
宛在水中沚
완 재 수 중 지

– '국풍國風' 진풍秦風

一

어떤 현상, 어떤 단어는 수식修飾 없는 그 자체로 무척 시적詩的이다. '모래섬'도 그렇다. 모래섬은 강의 모래가 퇴적되어 수면 위에 형성된다. 강물이 계속 같은 방향으로 흐르면서 모래를 실어 날라, 뜬금없이 강 한가운데에 섬을 이루는 것이다. 강에는 크고 작은 모래섬들이 있다. '坻지'와 '沚지'는 작은 모래섬이다. 작은 모래섬에는 사람이 살 수 없다. 「겸가蒹葭」의 시인은 '그 사람[伊人]'을 왜 작은 모래섬에 위태롭게 세워두었을까.

시에서는 사랑을 말하지 않는다. 하지만 시인이 그 사람을 몹시 사랑하고 있다는 사실을 우리는 다 알고 있다. 푸르렀던 갈대가 자라서 베어야 할 만큼 우거질 때까지, 시인은 온통 그 사람이 있는 모래섬만을 생각했다. 물결을 따라서도 가보고 물살을 거슬러서도 가보면서 모래섬으로 가는 길을 애달피 찾아왔다. 닿을 듯한 거리에 가만히 있는 그 사람은 완연宛然한데, 도무지 가는 법을 모른다. 하필 강 중앙에 덩그러니 놓인 작은 모래섬이 거센 물살에 집어삼켜질까, 무너져 알알이 흩어질까 노심초사한다.

'짝사랑'이라는 진부한 표현 대신, '그 사람이 강 한가운데의 모래섬에 있는 것 같다'라고 말하는 것. 이것이 시의 언어일 테다.

처음의 다음

처음에는 나를

넓고 깊은 집에 살게 해주었는데

지금은

밥도 넉넉하게 주지 않는다

아아!

처음과 달라졌다

처음에는 나에게

매번 진수성찬을 베풀어주었는데

지금은

배불리 먹지도 못한다

아아!

처음 마음을 이어오지 못하는구나

於我乎
어 아 호
夏屋渠渠
하 옥 거 거
今也
금 야
每食無餘
매 식 무 여
于嗟乎
우 차 호
不承權輿
불 승 권 여

於我乎
어 아 호
每食四簋
매 식 사 궤
今也
금 야
每食不飽
매 식 불 포
于嗟乎
우 차 호
不承權輿
불 승 권 여

– '국풍國風' 진풍秦風

보물찾기하는 심정으로 옛글을 연구하다가 귀한 것을 줍게 되면, 주운 보물은 내가 가진 두 개의 주머니 중 한 곳에 담았다. 하나는 논문을 이루기 위한 조각을 모으는 주머니, 하나는 논문에 쓸 수 없는 뒷이야기를 모으는 주머니이다. 후자의 주머니에 모아둔 것은 아주 작은 조각들이지만 공부를 계속해나가는 커다란 원동력과 기쁨이 되어주었다. 옛 문헌을 연구하는 것이 내 작업의 한 축이라면, 연구의 이면裏面에 놓인 이야기와 마음 조각을 줍고 쓰는 일은 또 다른 한 축으로 세워두었다.

엄정嚴正하게 해나가는 연구와 동시에, 공부하는 기쁨을 문학의 마음과 생활의 언어로도 함께 써나가고 싶었다. 두 축은 나란히 가며 서로를 존재하게 하지만, 만나서 뒤엉키지는 않길 바랐다. 첫 번째 책『한자 줍기』에 수록한 글들은 그런 두 축을 아울러 운영하면서 쓴 것들이다. 공부의 길을 막 걷기 시작했던 때부터 주워 담아온 도토리들이 주머니에 가득했다. 한쪽 주머니에 담긴 도토리는 진작에 석사논문이 되었고, 다른 주머니의 도토리로는『한자 줍기』를 지었다. 손가락 끝까지 가득 차올라 내뱉어지길 기다리고 있던 문장들을 쏟아내듯이 신나게 첫 책의 원고를 썼다. 혼자서 누렸던 과거 세계의 아름다움을 세상에 꺼내놓는 것이 무척 설레고 뿌듯했다. 가장 말갛게 빛나는 마음으로 공부했던 한 시절이 첫 책에 담겼다.

이 책의 원고를 쓰면서 '두 번째'에 대해 자주 생각했다. 처음 다음이라서, 두 번째는 어려운 순서 같기도 했다.

공부과 글쓰기 두 주머니 모두 처음보다 커졌고, 주워 담은 도토리들도 훨씬 많아졌다. 박사과정을 수료하는 사이 쌓인 공부의 경험치와 첫 책이 세상에 나온 뒤 느끼고 배운 겹겹의 마음을 가지고서, 여전히 공부와 글쓰기를 병행해 나가고 있다. 이제는 박사논문을 쓰는 일에서도, 두 번째 책을 짓는 일에서도, 쏟아야 하는 시간과 마음의 크기가 커졌다. 그래서 처음보다 더 고심하며 논문을 쓰고 책을 짓게 된 것 같다. 하지만 주머니 제일 아랫부분엔 처음 이 길을 걸었을 때부터 모아온 도토리들이 온전히 들어 있다.

저울을 만들 때는 저울대[權]부터 만들고 수레를 만들 때는 수레의 판자[輿]부터 만든다는 뜻에서, 권여權輿는 사물이나 일의 '처음'을 의미하게 됐다. 공부를 막 시작했던 무렵의 기쁨과 첫 책에 담았던 어눌한 진심이, 저울대와 수레 판자처럼 지금의 공부와 글쓰기를 여전히 든든하게 받쳐주고 있다. 저울대와 수레 판자가 중심이 되어주듯이, 생생히 기억하는 처음 마음이 지금의 균형을 잡아 준다. 그러니 다음 순서가 처음과 좀 다르더라도 어려워하지 않기로 했다. '처음을 딛고 선 다음'이라는 사실을 믿고, 두 번째는 그냥 두 번째처럼 해나가면 될 것이다.

동쪽 창문 앞에 백양나무 한 그루

동쪽 문의 버드나무

그 잎사귀가 무성하다

저녁에 만나기로 약속했는데

어느덧 샛별이 떴다

東門之楊
동 문 지 양
其葉牂牂
기 엽 장 장
昏以爲期
혼 이 위 기
明星煌煌
명 성 황 황

동쪽 문의 버드나무

그 잎사귀가 풍성하다

저녁에 만나기로 약속했는데

샛별이 반짝이도록 오지 않는다

東門之楊
동 문 지 양
其葉肺肺
기 엽 폐 폐
昏以爲期
혼 이 위 기
明星晢晢
명 성 제 제

– '국풍國風' 진풍秦風

주희朱熹는「동문지양東門之楊」을 해설하면서, '楊양'
은 가지가 위로 쭉 뻗은 버드나무라는 설명을 붙여두었
다. 일명 사시나무로 불리는 백양白楊나무가 대표적 사례
이다. 버들류에 속하는 나무 중에도 길쭉한 잎들을 땅 쪽
으로 길게 늘어뜨린 능수버들과 달리, 백양은 하늘을 향
해 자란 가지에 둥근 잎들이 촘촘히 달려 흔들린다.

　거리가 온통 백양나무로 둘러싸인 동네에서 겨울부
터 봄 지나 여름까지 세 계절을 살았다. 백양나무는 지난
해 여름에 열린 열매를 겨우내 매달고 있다가 봄이 되자
마자 후드득 떨어뜨렸다. 황색 애벌레처럼 생긴 열매들
을 모조리 떨구고 나면 이내 가지엔 싹이 움텄다. 그러다
봄의 한가운데에 이르니 백양나무에서 나온 하얀 솜뭉
치 같은 꽃씨가 날아다녔다. 바람이 많이 부는 날 꽃씨들
은 함박눈 내리듯 하늘에 흩날렸다. 잎자루가 긴 잎사귀
들은 여름의 희미한 바람에도 파르르 떨렸다. 그런 백양
나무 곁에 있으면 무성한 잎들끼리 부딪으며 사각거리는
소리가 귀 안 가득 채워졌다. 앙상했던 나목裸木에 잎사귀
가 무성해지고 열매를 맺었다 떨어뜨리는 백양나무의 시
절들을 온전히 지켜보았다.

　동네 골목의 오래된 집들엔 창문 바로 앞이나 대문
곁에 백양나무가 뿌리 내리고 있었다. 고목古木은 가지를
집의 지붕 위로 드리웠다. 나무가 있는 길까지 집을 증축
했거나, 원래는 작았던 나무의 몸통과 키가 세월 따라 자

라난 흔적일 것이다. 창문에서부터 나무까지 줄을 매달아 빨래를 널어둔 장면, 나무 그림자 아래 낡은 의자와 나뭇가지 얽어 만든 빗자루가 놓인 장면. 백양나무와 집이 나란한 그런 장면 앞에 오래도록 멈춰 서 있었다. '東門之楊 동문지양'이 있어 날마다 백양나무의 변화를 지켜보면서 나무와 우정이 두터워졌을 집 주인을 상상해보곤 했다.

동쪽 창문 앞에 백양나무 한 그루

二

　동쪽으로 낸 작은 창문을 열면 손끝이 닿는 거리에 나이 든 백양나무 한 그루가 우뚝 서 있다. 바람이 불면 밤의 선선한 공기가 백양나무 잎 사이사이를 통과해 방으로 불어 들어간다. 옅은 바람만 일렁여도 커다란 나무의 셀 수 없는 잎들은 일제히 춤추며 밤의 고요 속에 소리를 울렸다. 창의 테두리를 두른 창틀 아랫부분은 반질거리게 닳아 있다. 양팔을 올리고 창밖으로 몸을 내어 별을 올려다본, 밤들의 흔적일 테다. 샛별이 동쪽 하늘에 뜬 것을 보고 벌써 새벽이 되었다는 걸 가늠해본다. 밤새 기다린 사람은 끝끝내 오지 않는다. 나뭇가지마다 빼곡하게 매달린 잎사귀들의 면면面面이 별빛을 받아 반짝거린다.

내가
지은
시

시 합평 수업에 참여했던 적이 있다. 소수의 인원이 각자 써온 시를 발표하고 함께 읽는 국문과 전공 수업의 일종이었다. 시를 쓸 수 있으리란 용기가 불쑥 생겨 수강 신청을 해버렸다. 수강생 중 시인이나 평론가 지망생이 아닌 이는 나밖에 없었다. 그러나 공들여 써온 시를 사람들 앞에서 읽을 때 쑥스럽지 않았다. 시는 이미 내 생활의 울타리 안에서 충분한 역할을 다한 뒤였다. 일주일은 시를 발표하는 수요일에 기대어 흘러가고, 시는 또 날들에 빚지며 이루어질 수 있었다. 매주 수업이 끝난 뒤 퇴고한 시를 '분출구'라 이름 붙인 폴더에 넣어두었다. 처음 시의 형태로 글을 써서 사람들에게 내보인 경험은 열한 살 때였다. 글쓰기 대회에 출품하기 위해 며칠 동안 공책에 단어와 문장들을 끄적이다가, 드디어 시를 완성했다는 생각이 번뜩 들었던 밤에 느꼈던 기분이 아직도 기억난다. 나는 다르게 말할 수 있는 사람일지도 모른다는 기쁨과 안심이었던 것 같다. 지금도 그렇듯이 어렸던 나 역시 무언갈 단도직입적으로 말하는 것, 당장 느껴지는 감정을 솔직하게 쏟아내는 것이 어려운 아이였다. 오래전부터 시는 내가 덜 외롭도록 기다려주었다.

시어詩語 줍기

달
이
뜨
다

月
出

월
출

환한 달이 떠올랐다

아름다운 그대 얼굴도 예쁘다

심원한 근심 어떻게 풀어내나

애타는 심정 되었다

새하얀 달이 떠올랐다

아름다운 그대 얼굴도 새하얗겠지

다가온 근심 어떻게 풀어내나

애달픈 심정 되었다

밤을 비추는 달이 떠올랐다

아름다운 그대 얼굴도 빛나겠지

맺힌 근심 어떻게 풀어내나

슬픈 심정 되었다

月出皎兮
월 출 교 혜
佼人僚兮
교 인 료 혜
舒窈糾兮
서 요 교 혜
勞心悄兮
노 심 초 혜

月出皓兮
월 출 호 혜
佼人懰兮
교 인 류 혜
舒懮受兮
서 우 수 혜
勞心慅兮
노 심 초 혜

月出照兮
월 출 조 혜
佼人燎兮
교 인 료 혜
舒夭紹兮
서 요 소 혜
勞心慘兮
노 심 참 혜

– '국풍國風' 진풍秦風

172

한자는 저마다 '형形·음音·의義'를 갖추고 있다. 시인은 한자의 형태·발음·뜻을 두루 고려해 시어詩語로 쓰일 한자를 줍는다.

皎교, 皓호, 照조

明명, 昭소, 照조, 光광, 輝휘, 白백, 皎교, 皓호……. 반짝이는 태양[日], 타오르는 불[光], 빛나는 하양[白]을 품고 있는 글자들. 시인은 달이 밝다는 걸 말하기 위해 쓸 수 있는 글자들을 더듬다가 皎교, 皓호, 照조를 주워서 각 장章의 첫 구句 세 번째 자리에 놓아두었다. 입술을 동그랗게 모아 발음하게 되는 세 글자는 모두 밤하늘의 달이 휘영청 희고 밝은 모습을 형용한다. 시를 구성한 1, 2, 3장의 같은 자리에서 다른 모양으로 비슷하게 발음되며 달이 환하다고 세 번 말하는 글자들.

僚료, 懰류, 燎료

달을 보고 그리워진 사람을 연상하며 제일 먼저 고른 글자는 僚료. 불이 타오르는 모습을 형상한 尞료에 사람人인을 결합한 이 글자는 밝게 빛나는 사람을 나타낸다. 이렇게 달만큼 밝게 빛나는 사람을 떠올리다가 시인은 이내 근심스러워졌다. 무척 아름다운 것, 몹시 사랑하는 마음은 애달픔과 시름을 동반하기도 하는 것이다. 그렇기에 다음 장 두 번째 구에서는 아름다움과 근심을 아우르는 懰류를 서술어로 택했다. 懰류는 '예쁠 류'이면서 동시에 '근심할 류'이기도 하다. 마지막 장 같은 자리엔 불火화가 부수인 글자 횃불 燎료를 썼다. 해당 장 첫 구에서 달을 수식하는 照조의 '灬'가 곧 火화이다. 밤을 비추는 불씨와 마찬가지로 아름다운 그 사람과 달 역시 어둠을 밝힌다.

마음 없는 식물

진펄에 뿌리내린 장초나무

나뭇가지들이 보드랍다

어리고 예쁜 자태에 광택이 흐른다

아무것도 모르는 너라서 즐겁겠다

隰有萇楚
습 유 장 초
猗儺其枝
아 나 기 지
夭之沃沃
요 지 옥 옥
樂子之無知
낙 자 지 무 지

진펄에 뿌리내린 장초나무

꽃들이 보드랍다

어리고 예쁜 자태에 광택이 흐른다

집이 없는 너라서 부러워한다

隰有萇楚
습 유 장 초
猗儺其華
아 나 기 화
夭之沃沃
요 지 옥 옥
樂子之無家
낙 자 지 무 가

진펄에 뿌리내린 장초나무

열매들이 보드랍다

어리고 예쁜 자태에 광택이 흐른다

가족이 없는 너라서 좋겠다

隰有萇楚
습 유 장 초
猗儺其實
아 나 기 실
夭之沃沃
요 지 옥 옥
樂子之無室
낙 자 지 무 실

– '국풍國風' 회풍檜風

　　조선의 시인 유득공柳得恭(1748-1807)은 꽃나무를 각별히 좋아하는 이유로 '정情'이 없다는 점을 꼽았다. '정'은 곧 다른 존재와 주고받는 좋고 나쁜 마음을 말한다. 생명을 지녔으나 마음이 결여缺如된 식물의 속성은 시인을 매혹했다.

　　식물은 무지無知하기에 정성으로 키워주는 사람을 끝내 알아보지 못한다. 뿌리내린 공간을 집으로 여기지 않으며, 더불어 사는 다른 존재와 가족이 되지도 못한다. 그 무엇과도 관계 맺지 않는 것이다. 마음이 없기에 가능한 일이다. 묵묵하고 덤덤하게 존재하며 자라나는 중인 일종의 사물. 매 순간을 마음 없이 그저 숨 쉬며 살아간다는 사실은 식물이 지닌 특수한 존재성이다.

　　마음이 있는 존재들은 마음을 주고받으며 관계를 형성한다. 그러나 마음은 타자와의 관계에 균열을 일으키고 엉켜서 세상을 복잡하게 만들기도 한다. 서로 다른 마음을 감안하면서 살아가는 건 자주 거추장스럽다. 「습유 장초隰有萇楚」의 화자가 무지한 장초나무를 예찬하고 유득공이 꽃나무를 애정한 것은 식물에게 마음이 없다는 특성에 기반한다. 식물과 인간 사이엔 마음의 과잉으로 인한 피곤함이 없다. 꽃과 나무는 인간에게 정을 주지 않고, 무엇도 바라지 않는다. 식물은 인간의 마음에 대답하지 못한다. 인간은 식물을 향해 일방적 마음을 쏟을 뿐이다.

　식물과 인간의 관계는 무결無缺하다. 식물의 생장生長을 관망하는 인간의 마음은 돌아올 응답에 신경을 곤두세우지 않기에 순전純全하다. 말 없는 식물의 생生 앞에서 꾸밈없는 겸허와 기쁨을 느끼는 인간은 잠시나마 자연의 본성에 가까워져 볼 수 있는 것이다.

겨울을 꿈꾸는 하루살이

하루살이의 날개
선명한 옷과 같으니
내 마음 근심스럽다
나에게 돌아와 살거라

蜉蝣之羽
부 유 지 우
衣裳楚楚
의 상 초 초
心之憂矣
심 지 우 의
於我歸處
어 아 귀 처

하루살이의 날개
화려한 옷과 같으니
내 마음 근심스럽다
나에게 돌아와 쉬거라

蜉蝣之翼
부 유 지 익
采采衣服
채 채 의 복
心之憂矣
심 지 우 의
於我歸息
어 아 귀 식

갓 세상에 나온 하루살이
눈처럼 하얀 삼베옷과 같으니
내 마음 근심스럽다
나에게 돌아와 머물거라

蜉蝣掘閱
부 유 굴 열
麻衣如雪
마 의 여 설
心之憂矣
심 지 우 의
於我歸說
어 아 귀 세

– '국풍國風' 조풍曹風

하루살이는 원시시대 때부터 하루를 살았다. 기원전의 시인 역시 하루살이가 하루 사이에 명멸明滅해버린다는 점에 착안해 시적詩的 영감을 얻었다. 하루살이의 짧은 생에 인생을 투영해보고 인간에게 주어진 하루의 가치를 논하는 건 역사가 깊어 진부해진 비유이다. 「부유蜉蝣」가 진부하지 않도록 시의 기세氣勢를 절박하게 이끌어가는 글자는 '돌아올 귀歸'이다. 하루살이를 향해 '나에게 돌아와 살아라, 돌아와 쉬어라, 돌아와 머물거라'라고 말하는 시적 화자의 호의好意는 이 시에서 가장 특출한 대목이다. 돌아오라는 말을 품은 하루살이는 영원을 살 것처럼 차올라 부푼 마음으로 하루를 살 수 있었을 테다. 원시시대 때부터 셀 수 없는 대를 거듭하며 하루만 살아왔음에도, 돌아갈 곳이 있는 하루살이는 여름 땡볕 아래에서 겨울의 삶을 꿈꾸며 오래 살고 싶을 것이다. 시간은 절대적 길이를 늘릴 수 없어도 마디마다의 농도를 짙게 만들 수는 있다.

蜉蝣

二

　돌아갈 곳, 집이 없다는 생각에 오래도록 휩싸여 지내왔다. 문을 열고 들어서는 순간 허영과 가면을 벗고 나로 돌아갈 수 있는 집. 세상 어디에도 그런 집이 없는 것 같았다. 일과를 마치고 귀가한 곳에 당도했을 때, 내가 돌아올 수 있는 곳으로 잘 돌아왔다고 생각하고 싶었다. 바깥에서 어떤 모양의 나로 보낸 하루였든 간에 잘 돌아온 그곳에서는 겉치레를 훌훌 벗어 놓아두고, 나를 기다리고 있던 사랑하는 이와 따뜻한 밥 지어 나눠 먹으며 편히 발 뻗고 쉴 수 있는 완벽한 귀가歸家를 꿈꿨다. 그런 집에서 대단한 사건 없이 소소한 살림 꾸리며 살다 보면, 하루들이 영원하길 바라게 될 수도 있으리라 기대했다.

　죽음을 떠올리면 망연茫然하지만 그렇다고 오래 살고 싶다는 생각에 집착한 적도 별로 없다. 살아가는 일을 애틋하게 여겼으나 그보다 회의를 느낄 때가 더 많았다. 매일의 생활을 따분해하는 나를 달래며 사는 데에 많은 시간과 힘을 낭비했다. 소란과 우울에 빠질 때면 나를 타이르기 위해 집 밖으로 나가 여기저기를 방황했다. 아무리 멀리서 얼마나 방랑하더라도, 내가 돌아오길 기다리고 있는 한 자리만 분명하다면 완전히 길을 잃었다는 절망에 빠져 허우적대진 않을 것 같았다. 돌아가는 길만 잃지 않는다면 마침내 잘 돌아와 온기를 만질 테고, 삶이 지겹다는 회의와 불안은 금세 실체가 없는 것으로 전락할 테니 말이다. 돌아갈 하나의 주소만 알고 있어도 생애는

겨울을 꿈꾸는 하루살이

끝내 허황하지 않으리라 예상하면서, 나는 그리로 가는 길을 모른다는 사실을 매번 원망했다. 돌아갈 수 있는 곳에 돌아가 쉬고 싶었다.

꿈꾸는 모양새를 지닌 그런 집의 주소도, 그런 사람
도, '나' 없이는 허상虛想일 것이다. 내가 슬프고 울적한 채
로는 그 어디로 돌아가도 평안과 행복에 도착할 수 없다
는 걸 이제는 안다. 집에서 내가 돌아오길 기다려주는 존
재는 궁극적으로 '나'여야 한다. 하루살이는 하루의 삶을
잘 살아내는 법을 연구한 끝에, 마침내 자신에게로 돌아
오면 된다는 사실을 깨달은 것인지도 모른다.

蜉蝣

기쁨만 기억하는 시

사슴의 울음소리 鹿鳴 녹명

사슴이 "유유呦呦"하고 소리내며
들판의 대쑥을 뜯어 먹고 있다
나에게는 아름다운 손님이 있어
슬瑟을 연주하고 생황笙簧을 분다
생황笙簧을 불며
폐백이 담긴 광주리를 받들어 올리니
나를 좋아하는 그 사람은
나에게 크고 올바른 길을 보여준다

呦呦鹿鳴
유 유 녹 명
食野之苹
식 야 지 평
我有嘉賓
아 유 가 빈
鼓瑟吹笙
고 슬 취 생
吹笙鼓簧
취 생 고 황
承筐是將
승 광 시 장
人之好我
인 지 호 아
示我周行
시 아 주 행

사슴이 "유유呦呦"하고 소리내며
들판의 제비쑥을 뜯어 먹고 있다
나에게는 아름다운 손님이 있는데
손님의 덕스러운 말씀 무척 밝아
경박하지 않은 그 모습을 사람들에게
보여주니
군자君子는 이를 본받는다
나에게 맛있는 술이 있어
잔치 열어 아름다운 손님과 즐긴다

呦呦鹿鳴
유 유 녹 명
食野之蒿
식 야 지 호
我有嘉賓
아 유 가 빈
德音孔昭
덕 음 공 소
視民不恌
시 민 부 조
君子是則是傚
군 자 시 칙 시 효
我有旨酒
아 유 지 주
嘉賓式燕以敖
가 빈 식 연 이 오

사슴이 "유유呦呦"하고 소리내며

들판의 쑥의장풀을 뜯어 먹고 있다

나에게는 아름다운 손님이 있어

금琴을 뜯고 슬瑟을 탄다

금琴을 뜯고 슬瑟을 타니

오래도록 화락하고 즐겁다

나에게 좋은 술이 있어

아름다운 손님의 마음을

안락하게 만든다

呦呦鹿鳴
유 유 녹 명
食野之芩
식 야 지 금
我有嘉賓
아 유 가 빈
鼓瑟鼓琴
고 슬 고 금
鼓瑟鼓琴
고 슬 고 금
和樂且湛
화 락 차 담
我有旨酒
아 유 지 주
以燕樂嘉賓之心
이 연 락 가 빈 지 심

– '소아小雅' 녹명지십鹿鳴之什

1798년 무오戊午년 겨울, 조선의 정조正祖 임금은 시험을 치른 유생儒生들에게 음식을 베풀고 은銀으로 만든 술잔을 하사했다. 정조가 직접 사용하던 술잔 안쪽에는 '나에겐 아름다운 손님이 있다[我有嘉賓]'라는 『시경』「녹명鹿鳴」의 시구詩句가 새겨져 있었다. 하필 이 문구를 품은 술잔을 하사한 것은 「녹명」의 함의含意를 전하려는 의도였으리라. 고대 중국 왕조에서 「녹명」은 군주가 총애하는 신하나 귀한 손님들에게 베푼 연향燕饗에서 연주되던 악가樂歌였다. 즐거움이 가득한 자리에서 고아高雅한 곡조 위에 얹어 불리며 기쁨을 퍼뜨렸던 노랫말인 것이다. 당唐나라(618-907) 무렵부터는 과거 급제를 축하하는 잔치에서도 「녹명」을 불렀다. 향시鄕試를 치른 다음 날 시험에 응시했던 거인擧人과 시관試官들을 위해 벌인 잔치를 '녹명연鹿鳴宴'이라고 칭했던 이유이다. 3백 년 전에도, 3천 년 전에도, 축하로 쓰이고 고마움으로 읽히고 화락함으로 회자膾炙해온 「녹명」에는 사특邪慝한 마음이 조금도 묻어 있지 않다.

二

　하나의 시가 세월을 거듭하며 기억해온 기쁨의 빛깔
은 오래도록 한없이 길어지다가, 아주 멀리 있는 우리에
게까지 환함으로 도착했다.

동생同生

산앵두나무
常棣
상체

산앵두나무의 꽃송이들
꽃받침이 환한 빛을 뿜는다
지금 세상에 사람들이 있더라도
형제만 한 이는 없다

常棣之華
상 체 지 화
鄂不韡韡
악 불 위 위
凡今之人
범 금 지 인
莫如兄弟
막 여 형 제

죽음의 두려움이 닥치면
형제만이 몹시 걱정하며
언덕과 습지에 시신이 쌓였을 때도
찾아 나서서 구하는 이는 형제이다

死喪之威
사 상 지 위
兄弟孔懷
형 제 공 회
原隰裒矣
원 습 부 의
兄弟求矣
형 제 구 의

어려움에 처해 분주한 언덕 위 할미새처럼
형제는 서로의 환난을 황급히 구원해준다
좋은 벗이 곁에 있어도
긴 탄식만 늘어놓을 뿐이니라

脊令在原
척 령 재 원
兄弟急難
형 제 급 난
每有良朋
매 유 량 붕
況也永歎
황 야 영 탄

형제가 집안에서는 싸우더라도
밖에서 수모를 당할 땐 서로 감싸 막아준다
좋은 벗이 가까이 있어도
도와준 적은 없느니라

兄弟鬩于牆
형 제 혁 우 장
外禦其務
외 어 기 무
每有良朋
매 유 량 붕
烝也無戎
증 야 무 융

난리가 지나고서
상란기평
喪亂旣平

안정과 평안을 되찾고 나면
기안차녕
旣安且寧

비록 형제가 있더라도
수유형제
雖有兄弟

이제는 친구만 못하게 여긴다
불여우생
不如友生

잔칫상에 음식을 가득 차려두고
빈이변두
儐爾籩豆

실컷 술을 마시더라도
음주지어
飮酒之飫

형제가 함께하여야
형제기구
兄弟旣具

화락하고 다정할 수 있다네
화락차유
和樂且孺

이네의 가시들과의 화목한 생활이
처자호합
妻子好合

금슬琴瑟을 연주하듯 좋더라도
여고슬금
如鼓瑟琴

형제간에 화합해야만
형제기흡
兄弟旣翕

처자와 오래 화락하고 즐거울 수 있다네
화락차담
和樂且湛

형제와 잘 지내야 가정을 화평하게 하며
의이실가
宜爾室家

아내와 자식들을 기쁘게 해줄 수 있음을
락이처노
樂爾妻帑

궁구하고 도모해본다면
시구시도
是究是圖

진정 이를 믿게 될 것이다
단기연호
亶其然乎

– '소아小雅' 녹명지십鹿鳴之什

191

—

　경북 안동에는 조선 후기 학자 이민적李敏迪과 이민정李敏政 형제가 함께 살았던 '체화정棣華亭'이라는 정자가 있다. 체화정은 『시경』「상체常棣」의 첫 구절 '常棣之華상체지화'에서 '棣체'와 '華화'를 따와 지은 이름이다. 상체常棣 즉 산앵두나무는 형제 간 우애를 상징하기 때문이다. 산앵두나무 꽃 아래엔 꽃받침이 있는데, 둘은 한 줄기에서 나와 연결되어 있으면서 서로를 보호한다. 꽃받침은 꽃을 받쳐주고 꽃은 꽃받침을 덮어준다. 그래서 서로를 보호하면서 더 환하게 빛나는 산앵두나무의 형세를 보고 우애가 두터워 잘 지내는 형제 사이를 떠올리게 된 것이다. 산앵두나무 꽃은 옹기종기 붙어 피어나기에 형제자매가 모여 우애 있게 살아가는 모양새를 표상하게 됐다는 말도 있다.

　볕이 좋던 맑은 날 동생이랑 체화정 앞에서 찍은 사진이 있고, 나는 그 사진을 아주 좋아한다.

동생

세상에서 나를 제일 잘 아는 사람이 누구냐고 묻는다면 잠시의 고민도 없이, 내 동생 규철圭哲이라고 답할 것이다. 네 살 터울 남동생 규철에게 나는 항상 걱정을 끼치는 누나이다.

동생과 나는 자주 누운 채로 동이 틀 때까지 수다를 떨곤 했다. 대체로 어렸을 때의 마음, 가족과 친구에 대한 마음, 앞으로의 진로에 대한 마음 등 각자의 진짜 마음에 대해서 토로하는 밤이었다. 뿌리가 같아서 과거를 굳이 설명하지 않아도 되는 동생에게, 나는 아무에게도 할 수 없었던 말들을 선뜻 할 수 있었다. 날이 밝아오면 충혈된 눈 비비며 학교와 회사로 가서 겪어야 할 일을 겪어냈지만, 어떤 귀한 씨앗이 우리 삶 이면에 숨겨져 있음을 밤의 시간 동안 함께 느꼈고 그걸 믿기로 했다. 꼭 붙잡아야 하는 게 무엇인지 확인하고 만지는 서로를 목격하고 북돋우며 우리 남매는 함께 이십 대의 시절을 지났다.

동생이 서울로 대학을 오게 되면서 우린 이십 대의 시간을 여러 자취방에서 같이 보냈다. 처음 둘이서 살았던 방은 내가 다닌 대학 앞의 반지하 원룸이었다. 하나뿐인 침대 매트리스는 내 차지였고 동생은 바닥에서 잠을 잤다. 보일러를 켜도 추웠던 방에서 밤엔 둘 다 패딩을 입은 채로 이불을 덮었다. 그 무렵 난 패기 잃은 대학 졸업반이라 갓 상경한 동생에게 큰 도움이 되지 못했다. 애써 치장해도 어린애 티를 벗지 못한 대학 1학년 동생이었지만,

오히려 내가 동생에게 많이 의지했고 동생은 불평 없이 매번 나에게 양보했다. 그땐 둘 다 정말 서툴고 물렁물렁했다. 그런 채로 얼떨결에 서울에서 십 년 넘는 시간 동안 동생과 나는 많은 일을 따로 또 같이 겪었다. 각자의 학교 기숙사나 고시원, 직장 가까이 오피스텔에 살기도 했고 또 때가 맞아 한집에서 지내기도 했다.

동생은 내가 힘들어하는 걸, 지금껏 제일 가까이서 다 봤다. 나의 이십 대에는 어려운 일들이 많았고 그때마다 가까이 있던 동생에게 휘청이는 나의 모양새를 적나라하게 보여줬다. 그런 나를 보여줄 사람이 동생밖에 없었지만, 힘든 모습을 끝내 동생에게 다 들키고야 마는 것이 너무 싫기도 했다. 나는 누군가에게 미움받는 것이 무섭고, 동생마저 나를 미워하게 되면 어쩌나 두려웠기 때문이다. 어느 밤, 수다 끝에 동생에게 말했다. 네가 없었으면 난 이미 세상에 없을지도 모른다고. 만약 살아갔더라도 잘 살지 못했을 거라고. 그런데 동생에게서 자신도 마찬가지라는 뜻밖의 답이 돌아왔다. 동생은 어떤 모양으로 쓰러진 나라도 내버려두지 않고 와서 이불을 덮어주었다. 나도 그랬다.

오래된 일기장을 세상에 꺼내어 놓기로 결심한 날이 있었다. 한글 파일에 타이핑해 옮긴 일기장의 글들, 날 것의 진심이 담겨 있어 부끄러운 그 글들을 제일 먼저 읽고 평가해준 독자는 동생이었다. 세상 누구보다 나를 잘 아는 동생이 보내준 공감과 응원이 없었더라면 내 이야기는 세상에 나올 수 없었을 것이다. 고향 집 사진첩에는 어렸던 동생과 내가 놀이공원에서 일그러진 표정으로 울면서 놀이기구 타는 사진이 꽂혀 있다. 그때의 마음을 아직도 기억한다. 옆에 앉아 있던 동생이랑 같이 목청 높여 엉엉 울어버릴 수 있어서, 나는 무서운 걸 견딜 수 있었다. 동생은 항상 나를 구해준다.

촛농이 끓어 넘치는 동안에

큰 촛불 庭燎 정료

밤이 얼마나 깊었는가
夜如何其
야 여 하 기

아직 밤의 한가운데에 이르지 않았다
夜未央
야 미 앙

큰 촛불이 밝다
庭燎之光
정 료 지 광

그대가 다다르니
君子至止
군 자 지 지

방울소리가 낭랑하게 울려퍼진다
鸞聲將將
난 성 장 장

밤이 얼마나 깊었는가
夜如何其
야 여 하 기

아직 밤이 다하지 않았다
夜未艾
야 미 애

큰 촛불이 아른거린다
庭燎晢晢
정 료 제 제

그대가 다다르니
君子至止
군 자 지 지

방울소리가 명징하게 들린다
鸞聲噦噦
난 성 홰 홰

밤이 얼마나 깊었는가
夜如何其
야 여 하 기

밤은 새벽을 향해 가는 중이다
夜鄉晨
야 향 신

큰 촛불이 타들어간다
庭燎有輝
정 료 유 훈

그대가 다다르니
君子至止
군 자 지 지

깃발들이 보인다
言觀其旂
언 관 기 기

– '소아小雅' 동궁지십彤弓之什

196

프라하에서는 해 질 녘이 되면 골목 어귀에 있는 카페에 가서 매일 같은 자리에 앉았다. 허니민트티를 주문하고 앉아 있으면, 해가 완전히 지기 전에 직원이 테이블로 와서 초에 불을 붙여주었다. 그 무렵은 불안과 함께였는데, 이상하게 촛불 켜지는 시간을 만지면 마음이 녹았다. 흔들리는 촛불 빛에 아른거리며 우는 표정이 된 공간은 나도 마음껏 가라앉아 슬퍼하라고, 그래도 괜찮다고 허락해주었다.

눈앞에 저질러진 어떤 사건의 낱낱은 심장을 쿵쾅거리게 만들고, 그런 불안의 마음을 확인하게 될 때마다 내가 아닌 타자의 손을 먼저 잡아 준다. 사건이 종료된 후 멀찍이 떨어진 혼자의 밤에서야 겨우겨우 나를 다독인다. 흥분해 선명했던 사건의 조각들이 흐릿해져 고요를 되찾은 밤, 내 몸을 감싸 안아줄 정도의 밝음 안에서 그제야 혼자가 된 나를, 혼자가 되려는 나를 안아주는 것이다.

프라하에서 돌아온 이후로 초를 애호하게 되었다. 어둑한 식당에 들어서 자리를 안내받았을 때, 테이블 위에 초가 놓여 있으면 행운을 만난 듯 기분이 좋아졌다. 햇빛이 사라진 공간에 촛불을 켜는, 그 밝아짐의 순간을 관찰하는 일을 행운의 소관이라고 분류하기로 했다. 그래서 나의 행운을 빌고 싶을 때, 누군가의 행운을 빌어주고 싶을 때 초를 샀다. 책상 곁 잡동사니를 모아둔 상자에는 여기저기에서 사 모은 각양각색의 초와 성냥들이 모였다.

그리고 긴 위로가 필요한 밤에는 둘레가 두꺼운 노란 밀
랍蜜蠟초를 꺼내어 불을 붙인다.

촛농이 끓어 넘치는 동안에

밀랍초의 심지가 타들어 가면서 초는 천천히 녹는다. 가까이에서 자세히 관찰해보면 녹은 촛농은 보글보글 끓고 있다. 막 녹아서 물방울처럼 맑은 부분에는 불씨가 반사되어 비치는데, 촛농 위엔 초승달도 떴다가 보름달도 뜬다. 가만히 촛불과 끓는 촛농을 응시한다. 그러다 마음이 한결 가라앉고 나면 얽혀 있던 생각의 타래도 풀어져 나온다.

지금을 파르르 떨리게 하는 불안은, 실수처럼 저질렀다는 생각에 기인한다. 실수는 예상했던 모양에 변주變奏를 이룬다. 끓고 있는 촛농을 후- 불면 촛농은 원래 흘러내리려던 길이 아닌 곳으로 떨어진다. 그 사람을 만나지 않았더라면, 그쪽으로 걸어가지 않았더라면, 지금의 나는 다른 모양이 되어 살아가고 있을지도 모른다. 그러나 다시 그 시간으로 돌아가더라도 선택은 실수를 저지르는 쪽일 것이다. 사실은 실수라는 걸 알면서도 선택했었고, 그래서 그것은 나중에 저지름으로 판명된다.

한 뼘 높이였던 초는 반 넘게 탔다. 촛농은 매번 다른 길, 다른 모양으로 넘쳐흘러 예상치 못한 형태를 빚는다. 동굴 속 종유석鐘乳石과 석순石筍처럼 촛농이 계속 흘러내리고, 책상 위 겹겹이 떨어진 촛농은 아래에서부터 굳는다. 예기치 못했던 모양의 아름다움이 형성되는 중이다. 아름다움과 애틋함은 대체로 궤도 밖에서 형성된다는 걸 몇 번의 경험으로 배웠기에 미래의 부대낌을 무릅

쓰고 매번 실수를 자처한다.

밤의 한가운데를 지나 새벽이 되었다. 초의 기둥은 책상에 바싹 가까워졌다. 불씨가 맺혔던 심지가 촛농 아래로 고개를 꺾어버렸다. 촛농이 흘러넘쳤던 밤을 지나, 기다리고 있는 나에게 도착했다. 밤새 초를 밝히며 기다린 사람은, 다른 누구도 아닌 나였다. 기대 밖의 빛깔로 반짝이며 멋대로 흘러넘친 시간 끝에 색다른 모양이 덧대어져 있는 나를, 조금 더 좋아하게 되었다. 요란하게 끓어넘치더라도, 잘못된 길을 헤매고 다니더라도, 서서히 밝아지는 내 세계로 돌아와 나를 호위할 수만 있다면, 과거의 나는 어느 쪽으로 걸어가도 괜찮다. 초가 다 녹고 밝아진 미래에 결국 나는 내 편이 된다.

촛농이 끓어 넘치는 동안에

쓰레기통에 피어난 사랑

동풍東風이 옅게 불어오다가

바람결에 비가 흩날린다

두려울 때

나와 너 둘뿐이었는데

안락하게 되고 나니

너는 도리어 나를 버렸다

習習谷風
습 습 곡 풍
維風及雨
유 풍 급 우
將恐將懼
장 공 장 구
維予與女
유 여 여 녀
將安將樂
장 안 장 락
女轉棄予
여 전 기 녀

동풍東風이 부드럽게 불어오다가

사나워져 회오리바람 몰아친다

어려울 때

나를 품어주었는데

평안하게 되고 나니

잊은 듯이 나를 버렸다

習習谷風
습 습 곡 풍
維風及頹
유 풍 급 퇴
將恐將懼
장 공 장 구
寘予于懷
치 여 우 회
將安將樂
장 안 장 락
棄予如遺
기 여 여 유

온화하게 불어오던 동풍東風

높은 산마루에서 불어 닥치니

시들지 않은 풀이 없고

죽지 않은 나무가 없다

어찌 내가 주었던 큰 사랑은 잊고

나의 작은 허물만 기억하는가

習習谷風
습 습 곡 풍
維山崔嵬
유 산 최 외
無草不死
무 초 불 사
無木不萎
무 목 불 위
忘我大德
망 아 대 덕
思我小怨
사 아 소 원

– '소아小雅' 소민지십小旻之什

빛깔을 다 뿜낸 꽃의 색이 바래는 것, 선명했던 사랑이 흐려지는 것은 순리順理다. 순리를 거스른 작별은 참혹하다. 어느 날 집 근처 공원을 달리다가 쓰레기통 입구에 커다랗고 화사한 꽃이 얼굴을 내밀고 있는 장면을 보고는 멈춰 섰다. 쓰레기통 아래의 땅에 뿌리를 내린 꽃이 자라 올라온 것처럼 보였다. 가까이 가서 보니 쓰레기통에는 조화造花가 버려져 있었다. 버려진 조화는 너무 아름답고 처량했다. 멀쩡히 아름다운 조화를 하필 공원 쓰레기통에 버리고 가야 했던 사람의 사정은 무엇이었을까. 버려진 사랑이 끝나지 않고 온전한 모양으로 쓰레기통에 피어 있는 것은 애처로웠다. 아름다운 것이 티끌 하나 변하지 않고 처음의 상태 그대로 영원하다면 그것도 슬픈 일이라는 생각이 들었다. 형체가 또렷한데도 불구하고 쓰레기통에 버리는 편이 안전한 지난 사랑에게는, 어떤 문장으로 위로를 건네야 할지 모르겠다.

잠깐 떠난 여행지에서 얼떨결에 꽃을 사거나 받게 되면 물병에 꽂아 두고 예뻐하다가 돌아올 땐 호텔 방에 그대로 두고 온다. 내가 나간 뒤 방에 들어올 누군가에게도 꽃이 잠깐의 반가움과 환한 인사가 되길 바라면서, 꽃에게 고마웠다고 말한다. 꽃과의 엔딩 장면을 애써 스스로 연출하는 한, 그 꽃은 기억 속에서 환한 마지막으로 재상영되었다. 작별의 순간이 왔을 때 사랑의 시절을 통째로 쓰레기통에 버리고 싶지 않다. 쓰레기통에 버려진 시절은 처참한 모양이 되어서, 사랑이 내 방을 밝혀주었던 기쁨까지도 원망으로 되돌아보도록 만들 것이다. 작별의 방식을 선택할 수 있다면, 꽃이 만개했던 한때를 버려진 시절로 만들기보다 고마움으로 기억하는 작별을 택하겠다. 머지않아 변해버리는 결말을 걱정하면서 시들지 않는 조화보다는 당장은 결말이 떠올려지지조차 않을 만큼 아름다운 꽃을 택하겠다.

부모 父母

기다란 다북쑥 蓼莪 육아

곧게 자라는 다북쑥이라 생각했는데
蓼蓼者莪
육 록 자 아

아름다운 다북쑥 아닌 하찮은 제비쑥이었다
匪我伊蒿
비 아 이 호

슬프다, 나의 부모
哀哀父母
애 애 부 모

나를 낳아 기르느라 애쓰셨다
生我劬勞
생 아 구 로

기다란 다북쑥이라 생각했는데
蓼蓼者莪
육 록 자 아

아름다운 다북쑥 아닌 하찮은 제비쑥이었다
匪我伊蔚
비 아 이 위

슬프다, 나의 부모
哀哀父母
애 애 부 모

나를 낳아 기르느라 고생하셨다
生我勞瘁
생 아 로 췌

작은 술병이 텅 빈 것은
缾之罄矣
병 지 경 의

큰 술병의 부끄러움이다
維罍之恥
유 뢰 지 치

힘없고 가난한 이의 삶은
鮮民之生
선 민 지 생

죽는 것만 못한 지 오래되었다
不如死之久矣
불 여 사 지 구 의

아버지가 안 계시면 누구를 믿고
無父何怙
무 부 하 호

어머니가 안 계시면 누구에게 기대나
無母何恃
무 모 하 시

집 밖에 나가서는 내내 걱정을 품고
出則銜恤
출 즉 함 휼

집에 들어와도 돌아갈 곳 없는 듯할 것이다
入則靡至
입 즉 미 지

206

아버지 나를 낳으시고　父兮生我
　　　　　　　　　　　부 혜 생 아

어머니 나를 길러주셨다　母兮鞠我
　　　　　　　　　　　모 혜 국 아

나를 어루만지며 예뻐하시고　拊我畜我
　　　　　　　　　　　부 아 휵 아

자라게 하고 길러주셨다　長我育我
　　　　　　　　　　　장 아 육 아

나를 돌아보고 또 돌아보면서　顧我復我
　　　　　　　　　　　고 아 복 아

드나들 때 언제나 품에 안고 계셨다　出入腹我
　　　　　　　　　　　출 입 복 아

그 은덕에 보답하려 해도　欲報之德
　　　　　　　　　　　욕 보 지 덕

하늘처럼 커서 다할 수가 없다　昊天罔極
　　　　　　　　　　　호 천 망 극

남산은 크고 우뚝하며　南山烈烈
　　　　　　　　　　　남 산 열 렬

회오리바람 거세게 몰아친다　飄風發發
　　　　　　　　　　　표 풍 발 발

다른 사람들은 잘 못사는 이가 없는데　民莫不穀
　　　　　　　　　　　민 막 불 곡

나는 홀로 어찌 이리도 어려움을 만나는가　我獨何害
　　　　　　　　　　　아 독 하 해

남산은 높이 솟았고　南山律律
　　　　　　　　　　　남 산 율 률

회오리바람 세차게 불어온다　飄風弗弗
　　　　　　　　　　　표 풍 불 불

다른 사람들은 잘만 살아가는데　民莫不穀
　　　　　　　　　　　민 막 불 곡

어찌 나만 유독 부모를 끝까지 못 모시나　我獨不卒
　　　　　　　　　　　아 독 부 졸

– '소아小雅' 소민지십小旻之什

一

　나를 많이 미워하고 나서 제일 미안함을 느끼는 대상
은 부모이다. 나는 자주 스스로를 예쁘지 않은 제비쑥이
라 여기지만, 부모의 눈에는 언제나 곧고 아름다운 다북
쑥이다.

　빛바랜 결혼사진 속에서 젊은 두 사람이 해사한 미소를 짓고 있다. 둘은 만나 서로를 사랑하게 되어 함께 가족을 꾸리기로 했다. 사랑은 숨기지 못하고 열매를 맺고야 만다. 자식은 모르는, 남자와 여자의 푸른 시절이 둘을 부모로 만들었다.

　여러 종류의 사랑 중에서 부모가 자식에게 주는 사랑에 대해 말하는 것이 제일 자신 없다. 아직 주체가 되어 직접 경험해보지 못한 사랑이기에 지금 어떤 말로 수식해 정의 내려도 부족할 것만 같다. 어쩌면 훗날 나에게 자식이 생긴 뒤에도 내 부모로부터 받은 사랑을 명료히 다 표현하기는 어려울지도 모른다. 그것은 나의 부모만이 그 시절에 그들의 방식대로 나에게 주었던 사랑이기 때문이다.

　그들에게서 받은 사랑이 충분한 덕분에 나는 가진 사랑을 한껏 느끼고 또 나누며 살 수 있게 됐다. 성인이 되고 홀로 마주하는 세계의 면적이 넓어질수록, 세상과 사람을 사랑하는 태도나 가치관은 부모로부터 본받고 배운 것임을 상기하게 됐다. 내가 아름다운 걸 보고 짓는 표정, 누군가에게 고마움을 전하는 말투, 기쁘고 슬픈 마음을 가누는 방식 같은 것들이 나의 부모와 너무도 닮았다는 사실을 깨달은 것이다. 선천적으로든 후천적으로든 부모의 사랑은 상당 부분의 나를 만들었다.

　새벽의 응급실 침대에 누워 있는데 익숙한 손이 발을 감쌌다. 엄마였다. 아빠와 엄마는 딸이 아프다는 소리를 듣고 캄캄한 새벽에 자다 깨서는 두 시간이 넘는 밤길을 한달음에 달려왔다. 아빠와 엄마가 아파서 끙끙 앓는 것을 나는 매번 모르고 지나간다. 받은 것에 비해 나는 돌려준 것이 별로 없다는 생각을 영영 떨쳐버리기 어려울 것이다.

시 짓는 사람

하夏나라 달력으로 4월에는 여름이 오고

6월이 되면 무더위를 향해간다

선조들은 사람이 아닌가

어째서 나에게 차마 이러실 수 있나

四月維夏
사 월 유 하
六月徂暑
유 월 조 서
先祖匪人
선 조 비 인
胡寧忍予
호 녕 인 여

가을날은 썰렁해져서

갖가지 초목들이 다 시든다

난리를 만나서 병 들면

어디로 돌아가야 하나

秋日凄凄
추 일 처 처
百卉具腓
백 훼 구 비
亂離瘼矣
난 리 막 의
爰其適歸
원 기 적 귀

겨울의 공기는 맹렬히도 차갑고

거센 회오리바람이 몰아친다

다른 이들은 불행하지 않은데

어찌 나만 홀로 괴롭나

冬日烈烈
동 일 열 렬
飄風發發
표 풍 발 발
民莫不穀
민 막 불 곡
我獨何害
아 독 하 해

산에 있는 아름다운 나무는

밤나무와 매화나무이다

어떤 이는 돌변해 포학한 짓 저지르고도

스스로의 허물을 모르고 산다

山有嘉卉
산 유 가 훼
侯栗侯梅
후 율 후 매
廢爲殘賊
폐 위 잔 적
莫知其尤
막 지 기 우

흐르는 저 샘물을 보니

맑아졌다가 흐려졌다가 하는데

나에게는 매일 나쁜 일만 벌어진다

언제쯤 좋아졌다고 말할 수 있을까

相彼泉水
상 피 천 수
載淸載濁
재 청 재 탁
我日構禍
아 일 구 화
曷云能穀
갈 운 능 곡

장강長江과 한수漢水는 도도하게

흐르면서도

남쪽 나라의 강기綱紀가 된다

나는 전력을 다해 일했는데도

어째서 나를 알아주지 않는가

滔滔江漢
도 도 강 한

南國之紀
남 국 지 기
盡瘁以仕
진 췌 이 사
寧莫我有
영 막 아 유

사나운 독수리도 솔개도 아니라서

하늘 위로 날갯짓해 날아오를 수가 있나

전鱣이나 유鮪 같은 큰 물고기도 아니라서

못 아래로 잠겨 달아날 수가 있나

匪鶉匪鳶
비 단 비 연
翰飛戾天
한 비 려 천
匪鱣匪鮪
비 전 비 유
潛逃于淵
잠 도 우 연

산에는 고사리와 고비가 나고

진펄에는 구기자나무와

붉은 대추나무 있다

山有蕨薇
산 유 궐 미
隰有杞桋
습 유 기 이

213

군자君子는 시를 지어서

슬픔을 고한다

君子作歌
군 자 작 가
維以告哀
유 이 고 애

– '소아小雅' 소민지십小旻之什

214

슬픔이 짙게 서려 있는 땅이었다. 날쌘 독수리와 솔개는 하늘을 높이 날아서, 큰 물고기들은 못에 깊이 잠겨서, 슬픈 땅으로부터 도망쳐 벗어났다. 고사리와 구기자나무는 어떻게든 땅에서 살 자리를 차지해 뿌리내려 줄기를 키우며 바뀌는 계절들을 견딜 수 있었다. 사람은 땅으로부터 두 발을 떨어뜨려 도망칠 방법도 없었고, 땅 위에서 요새要塞를 만들 운수도 따라주지 않았다. 그래서 시를 지어 슬픔을 고하기로 했다. '시 짓는 사람'이 되는 일은 그 사람이 세계로부터 소외된 상태로도 살아갈 유일한 해방구였다. 인간의 슬픔과 무관하게 맑기만 한 자연을 시샘하는 대신, 자연이 수런대는 박자에 맞춰 노래를 불러버리기로 한 것이다. 시를 지어 노래하는 동안 그 사람은 하늘과 땅 사이에 가득 찬 모든 존재와 사물들을 소환해 내 멋대로 연주할 수 있었다.

二

시 짓는 사람은 군자君子이다. 「사월四月」의 시인은 자신이 시 짓는다는 말을 '군자가 시를 짓는다'라고 썼다. 시 짓는 주체로 군자를 내세운 것이다. 유학儒學을 공부해 마음에 덕德을 갖추게 된 군자가 아니라면 시 짓기를 할 수 없다고 여긴 것이리라. 자연을 소재 삼아 시를 짓는 건 멋대로인 자연을 관장해 연주를 이끄는 지휘자가 되는 일이다. 이 숭고하고 장엄한 작업을 수행하려면 인仁한 마음의 그릇을 지닌 군자 같은 사람이 되는 것이 우선이었다. 시에는 시 짓는 사람의 마음이 담긴다.

사계절이 흐르는 변화 속에서 자연물들이 내는 웅성거림에는 저마다의 음音이 존재했다. 자연의 한 장면에 놓인 사람이 그 자연의 음들을 귀담아 알아챌 능력이 될 때, 그는 자신의 마음 가운데 놓인 슬픔도 자연에 의탁해 시의 말로 옮길 수 있었다. 하늘과 땅 사이를 채운 자연물들의 흐름과 이치를 진정으로 이해하고 있어야만 자연음自然音을 거스르지 않는 것이 가능한 것이다. 시 짓는 사람의 마음이 자연의 음표들과 이질감 없이 어우러지면서 비로소 합주곡合奏曲 한 편이 탄생했다.

능소화가 떨어진 뒤에 우리는

능소화가 　　　　　　　　　　　苕之華
　　　　　　　　　　　　　　　　초 지 화

곱게 피어 무성하다 　　　　　　　芸其黃矣
　　　　　　　　　　　　　　　　운 기 황 의

마음은 근심스러워 　　　　　　　心之憂矣
　　　　　　　　　　　　　　　　심 지 우 의

아프다 　　　　　　　　　　　　維其傷矣
　　　　　　　　　　　　　　　　유 기 상 의

능소화의 　　　　　　　　　　　苕之華
　　　　　　　　　　　　　　　　초 지 화

잎들이 푸릇푸릇하다 　　　　　　其葉青青
　　　　　　　　　　　　　　　　기 엽 청 청

내가 이렇게 될 줄 알았더라면 　　知我如此
　　　　　　　　　　　　　　　　지 아 여 차

태어나지 않았을 테다 　　　　　　不如無生
　　　　　　　　　　　　　　　　불 여 무 생

암양은 머리만 커다랗고 　　　　　牂羊墳首
　　　　　　　　　　　　　　　　장 양 분 수

통발에는 물고기 없이 삼성별만 담겨 있네 　三星在罶
　　　　　　　　　　　　　　　　삼 성 재 류

먹고 살 수는 있겠지만 　　　　　人可以食
　　　　　　　　　　　　　　　　인 가 이 식

배부른 사람은 드물다 　　　　　　鮮可以飽
　　　　　　　　　　　　　　　　선 가 이 포

– '소아小雅' 도인사지십都人士之什

쨍하게 만개했던 꽃의 시간은 낙하落下했다. 주목했던 눈길들이 다른 쪽을 쳐다본다. 열렬했던 사랑은 과거가 되었다. 지나간 사랑의 여운餘韻이 감도는 때에 우리가 할 수 있는 것은 무엇인가?

이 시(「苕之華」)는 간략하지만 감정이 애처롭다. 주나라 왕실이 망해가고 있는데 구원할 방법이 없어서 시인은 슬퍼할 뿐이다.

此詩, 其詞簡, 其情哀, 周室將亡, 不可救矣, 詩人傷之
차 시   기 사 간   기 정 애   주 실 장 망   불 가 구 의   시 인 상 지
而已.
이 이

– 『시경집전詩經集傳』

  오래도록 패권을 장악하며 중원 땅을 지배해 온 주周 나라는 끝내 쇠락하고 있었다. 멸망의 방향으로 기세가 꺾이고만 뒤에 주나라를 구성한 존재들은 모두 기력을 잃어갔다. 기근이 들었고 물자들이 부족해졌다. 자신이 살아 있는 동안 이러한 때를 당면하게 된 것에 슬퍼한 군자君子가 시를 지었다. 주나라는 유학儒學을 꽃피운 이상적 국가인데 유학자儒學者로서 그런 주나라의 몰락을 몸소 겪는다는 사실에 남달리 애통한 감회를 느꼈으리라. 왜 세상에는 흥망성쇠興亡盛衰가 존재하는 것인가? 흥興과 성盛이 없었더라면 망亡과 쇠衰는 덜 서러웠을지도 모른다.
  시인은 장차 망할 땅에 피어난 능소화를 보았다. 여름 더위가 절정일 때 피어나는 능소화는 개화開花와 동시에 낙화落花의 순간을 가늠하게 한다. 뙤약볕에 시들고 소낙비에 떨어지는 꽃잎의 최후가, 한창 만개한 주황빛 능소화 장면 뒤로 겹쳐 떠오르는 것이다. 이미 운기運氣의

능소화가 떨어진 뒤에 우리는

형세가 쇠락으로 접어든 시공간 안에 놓여 있던 시인은 능소화를 보면서 생명이 품은 종말을 예견했다.

시인은 시를 썼다. 시는 처연함과 쓸쓸함의 이미지로 구성되었다. 물고기 없는 빈 통발에 걸린 삼성三星별은 물결 위를 아른거리며 반짝였고, 뼈만 앙상해 머리가 커다랗게 부각된 양의 눈빛은 유독 반짝였다. 장차 쇠락을 앞두고도 아름다움은 여전히 끊임없이 생성되었다. 아름다운 것을 관찰하고, 말하고, 쓰고 싶은 시인의 욕망도 여전했다. 융성하게 꽃피웠던 것의 추락을 목도目睹하는 것은 어려운 일이지만, 흥興과 성盛의 기쁨에는 망亡과 쇠衰의 슬픔이 동반되기에 존재의 아름다움은 더 극적일 수 있는지도 모른다고 시인은 생각했다.

능소화는 떨어졌다. 여름비가 내린 땅의 물웅덩이에 능소화들이 우수수 떨어져 둥둥 떠 있다. 물웅덩이에는 아직 줄기에 매달려 있는 능소화 몇 송이의 주황빛 잔상이 일렁거리며 떠다닌다. 물웅덩이 앞에 서서 저무는 환희의 여운餘韻이 남은 숨을 헐떡이는 것을 느꼈다. 지나가는 다른 사람을 불러 말했다. 여기로 와서 이 아름다운 장면을 보세요. 아름다움이 있는 자그마한 물웅덩이 쪽으로 사람들이 하나둘씩 모여들었다. 미세하게 술렁이는 아름다움을 우리는 함께 관찰했다. 우리에게 남은 여운餘運, 남은[餘] 운세[運]가 있다면, 이런 시적 장면을 줍는 일이라는 걸 우리는 모두 깨달았다.

三

「초지화苕之華」를 읽으며 나는 내가 사는 지구, 우리의 세계가 주나라처럼 쇠락하는 상상을 했다. 『시경』에 등장하는 가지각색의 조수초목鳥獸草木 중 이제는 더 이상 볼 수 없어 이름으로만 남은 종들도 있듯이, 머지않은 미래의 세상에서는 능소화가 사라져버리는 건 아닐까? 지금 내 생활 속에 꽃피어 있는 어떤 안락함과 화평함이, 가깝고 먼 몇 년 뒤에도 여전할 수 있을까? 예정된 나쁜 쪽으로의 변화를 감지하면서 하강하는 그래프의 어느 지점에 놓였을 때 우리가 할 수 있는 것은 무엇일지 생각했다.

시는 어떻게 쓰는 것이냐고 물었던 적이 있다. 내가 질문을 던졌던 선생님은, 특별한 사건이 일어날 때만 반짝 쓰는 감상문 같은 것이 아니라 지금 생활 속에 존재하는 모든 사물, 모든 순간을 '그냥' 쓰는 것이 곧 시라고 답해주었다. 몰락하는 세계 안에서 장차 우리의 붕괴를 앞두고 있더라도, 마지막 순간까지 나는 내 주변을 구성한 생활과 자연의 아름다운 구석들을 발견하고 공부해 말하고 그냥 쓰고 싶다. 『시경』의 시를 남긴 기원전의 시인들처럼. 곱게 핀 능소화가 떨어졌더라도, 비탄悲歎에 매몰되어 휘청이지만 않고 능소화의 낙하에 대해 쓰겠다. 사람들이 슬픔의 이면에 숨겨진 아름다움을 잊지 않을 수 있도록, 예쁘고 따뜻한 것을 보면 큰 소리로 말하겠다. 여전히 시가 될 수 있는 미래로 모일 의지가 있다면 우리 생활의 품위는 비참하지만은 않을 것이다.

능소화가 떨어진 뒤에 우리는

내가 숨은 시

시는 어디에 있는 것일까? 시인을 떠나와 시인에게 선 이제 더 이상 존재하지 않을지도 모르는, 한때 시인에게 있었던 마음과 글자들. 지금 시인에게는 없고 나에게는 이제 막 도착해 자리를 잡아가고 있는 시. 여기로 와서 잠시 머뭇거리던 시는 대체로 내 앞에 털썩 앉는다. 그때부터 나는 시를 내세우고 시의 등 뒤에 숨을 수 있게 되는 것이다. 오랫동안 핸드폰 배경화면으로 설정해둔 시가 있었다. '삐뚤삐뚤/날면서도/꽃송이 찾아 앉는/나비를 보아라/마음아'라는 함민복 시인의 시 「나를 위로하며」였다. 일과 중 어김없이 도망쳐버리고 싶은 순간이 찾아올 때마다 핸드폰 오른쪽 버튼을 눌러 배경화면이 보이도록 켰다. 그리곤 화면에 뜬 시의 뒤편, 시의 그림자 속으로 황급히 숨어 잠시 쉬었다. 고작 다섯 줄, 스물여섯 글자였지만 이 시는 무겁고 단단하게 내 앞의 공간을 점유한 채 든든히 버티고 있었다. 내가 달아나 쉬었다 갈수 있도록 여러 시들이 마련해준 등의 면적을 모아보면, 우리 동네 사람들이 다 같이 시의 그림자 속에서 쉴 수 있을지도 모른다.

시가 된 미래에서

　『시가 된 미래에서』를 한창 쓰는 시간 동안 나는 중
국 북경에서 반년을 지냈다. 3천 년 전『시경』이 탄생한
땅인 중국에서 생활하며『시경』을 톺아보고 산문을 쓸 수
있다는 사실에 자주 믿기지 않게 감사했다. 한문학을 공
부하면서 기본 소양서인『시경』을 접한 지 이미 오래되었
지만, 본원지에서 재차 읽고 쓰는『시경』에 대한 감상은
또 남달랐다.

　이전엔 무심히 넘겨왔던『시경』속 조수초목鳥獸草木
들이 북경에는 생활처럼 곳곳에 둘러 있었다. 머물던 아
파트 화단에는「도요桃夭」의 복숭아나무가 꽃피웠고, 동
네 마트에선「사월四月」의 철갑상어를 만났다. 한여름이
되자「실솔蟋蟀」의 귀뚜라미를 길러 판매하는 노점상과
그걸 사서 풀어놓아 귀뚜라미 소리가 울리는 어느 집 마
당을 지나기도 했다. 원고에 몰입하고 싶을 땐 커다란 창
문 바깥으로「동문지양東門之楊」의 백양나무가 내려다보
이는 지춘로知春路의 호텔에서 묵었다. 고루鼓樓 앞 거리
를 지나다가「감당甘棠」이라 써 붙인 간판의 카페를 발견

한 날에는 몹시 기뻤다. 『시경』을 품고서 살았던 북경에서 나의 감각은 온통 시 속에 등장하는 자연물들을 향해 열려 있었다. 현현顯現한 시어詩語를 줍고 만지는 행운과 반가움 속에서 산문집을 집필할 수 있었다.

　『시경』은 가림막 없이 맑은 눈과 마음을 지녔던 사람들이 순수한 자연의 언어로 사랑을 풀어낸 노랫말들이다. 『시경』은 원래 『시』였고 『시』는 원래 노래였다. 노래를 지어 불렀던 익명의 과거인들은 『시』로 엮인 그들의 노래가 훗날 경經이 되어 숭앙받는 고전으로 자리매김하리라 예상치 못했을 테다. 노래는 문자로 기록되어 명성을 얻었고 과거부터 여러 나라 지식인에게 읽히다가 지금을 살아가는 우리에게 닿았다. 산문집 원고를 쓰면서 떠오르는 생각 조각들을 끄적인 공책마다 그 안쪽에 '시가 된 미래에서'라고 적어두었다. 시가 된 미래에서, 아주 오랜 세월 전으로부터 거슬러 이어져 왔을 뿌리 깊은 시심詩心을 여기로 호출해 볼 수 있었다. 시가 된 미래에서, 익명의 기원전 시인에게 보내는 일종의 답장이라고 생각하며 글을 썼다.

과거에 자연을 불렀던 어여쁜 말들을 『시경』에서 주워 지금, 미래의 사랑으로 책을 지었다. 책을 짓는 동안 감각으로 되살아난 자연과 사랑의 힘에 기대어 자주 든든했기에 행복한 마음으로 여기에서 마침표를 찍는다. 3천년 전 시작된 자연의 언어를 2024년, 진행 중인 내 사랑의 언어로 옮길 수 있어서 벅차게 기쁘다.

- 이 책에 수록된 『시경』 작품의 원문을 우리말 독음과 함께 병기했습니다.
- 세로 쓰기로 표기되었으며, 왼쪽에서 오른쪽으로 읽습니다.
- 하단에는 해당 작품이 수록된 본문 페이지를 한자로 표기하였습니다.

關雎 관저

國風 周南 국풍 주남

→
關關雎鳩 관관저구
在河之洲 재하지주
窈窕淑女 요조숙녀
君子好逑 군자호구

參差荇菜 참치행채
左右流之 좌우류지
窈窕淑女 요조숙녀
寤寐求之 오매구지
求之不得 구지부득
寤寐思服 오매사복
悠哉悠哉 유재유재
輾轉反側 전전반측

參差荇菜 참치행채
左右采之 좌우채지
窈窕淑女 요조숙녀
琴瑟友之 금슬우지

參差荇菜 참치행채
左右芼之 좌우모지
窈窕淑女 요조숙녀
鍾鼓樂之 종고락지

汝墳 여분

國風 周南 국풍 주남

遵彼汝墳 준피여분
伐其條枚 벌기조매
未見君子 미견군자
惄如調飢 녁여조기

遵彼汝墳 준피여분
伐其條肄 벌기조이
既見君子 기견군자
不我遐棄 불아하기

魴魚赬尾 방어정미
王室如燬 왕실여훼
雖則如燬 수즉여훼
父母孔邇 부모공이

甘棠 감당

蔽芾甘棠（폐패감당）
勿翦勿伐（물전물벌）
召伯所茇（소백소발）

蔽芾甘棠（폐패감당）
勿翦勿敗（물전물패）
召伯所憩（소백소게）

蔽芾甘棠（폐패감당）
勿翦勿拜（물전물배）
召伯所說（소백소세）

國風 召南 국풍 소남

小星 소성

嘒彼小星（혜피소성）
維參與昴（유삼여묘）
肅肅宵征（숙숙소정）
抱衾與裯（포금여주）
寔命不猶（식명불유）

嘒彼小星（혜피소성）
三五在東（삼오재동）
肅肅宵征（숙숙소정）
夙夜在公（숙야재공）
寔命不同（식명부동）

國風 召南 국풍 소남

綠衣 녹의

國風 邶風 국풍 패풍

綠兮衣兮 녹혜의혜
綠衣黃裏 녹의황리
心之憂矣 심지우의
曷維其已 갈유기이

柏舟 백주

國風 邶風 국풍 패풍

日居月諸 일거월저
胡迭而微 호질이미
心之憂矣 심지우의
如匪澣衣 여비한의
靜言思之 정언사지
不能奮飛 불능분비

憂心悄悄 우심초초
慍于群小 온우군소
覯閔旣多 구민기다
受侮不少 수모불소
靜言思之 정언사지
寤辟有摽 오벽유표

我心匪石 아심비석
不可轉也 불가전야
我心匪席 아심비석
不可卷也 불가권야
威儀棣棣 위의체체
不可選也 불가선야

我心匪鑒 아심비감
不可以茹 불가이여
亦有兄弟 역유형제
不可以據 불가이거
薄言往愬 박언왕소
逢彼之怒 봉피지노

汎彼柏舟 범피백주
亦汎其流 역범기류
耿耿不寐 경경불매
如有隱憂 여유은우
微我無酒 미아무주
以敖以遊 이오이유

日月

일월

國風 邶風
국풍 패풍

日居月諸 東方自出 父兮母兮 畜我不卒 胡能有定 報我不述
일거월저 동방자출 부혜모혜 휵아불졸 호능유정 보아불술

日居月諸 出自東方 乃如之人兮 德音無良 胡能有定 俾也可忘
일거월저 출자동방 내여지인혜 덕음무량 호능유정 비야가망

日居月諸 下土是冒 乃如之人兮 逝不相好 胡能有定 寧不我報
일거월저 하토시모 내여지인혜 서불상호 호능유정 영불아보

日居月諸 照臨下土 乃如之人兮 逝不古處 胡能有定 寧不我顧
일거월저 조림하토 내여지인혜 서불고처 호능유정 영불아고

綠兮衣兮 綠衣黃裳 心之憂矣 曷維其亡
녹혜의혜 녹의황상 심지우의 갈유기망

綠兮絲兮 女所治兮 我思古人 俾無訧兮
녹혜사혜 여소치혜 아사고인 비무우혜

絺兮綌兮 凄其以風 我思古人 實獲我心
치혜격혜 처기이풍 아사고인 실획아심

四十

式微

식미

國風 邶風　국풍 패풍

式微式微(식미식미) 胡不歸(호불귀) 微君之故(미군지고) 胡爲乎中露(호위호중로)

式微式微(식미식미) 胡不歸(호불귀) 微君之躬(미군지궁) 胡爲乎泥中(호위호니중)

終風

종풍

國風 邶風　국풍 패풍

終風且暴(종풍차포) 顧我則笑(고아즉소) 謔浪笑敖(학랑소오) 中心是悼(중심시도)

終風且霾(종풍차매) 惠然肯來(혜연긍래) 莫往莫來(막왕막래) 悠悠我思(유유아사)

終風且曀(종풍차에) 不日有曀(불일유에) 寤言不寐(오언불매) 願言則嚏(원언즉체)

曀曀其陰(에에기음) 虺虺其靁(훼훼기뢰) 寤言不寐(오언불매) 願言則懷(원언즉회)

牆有茨 장유자

國風 鄘風 국풍 용풍

牆有茨 장유자　不可束也 불가속야　中冓之言 중구지언　不可讀也 불가독야　所可讀也 소가독야　言之辱也 언지욕야

牆有茨 장유자　不可襄也 불가양야　中冓之言 중구지언　不可詳也 불가상야　所可詳也 소가상야　言之長也 언지장야

牆有茨 장유자　不可掃也 불가소야　中冓之言 중구지언　不可道也 불가도야　所可道也 소가도야　言之醜也 언지추야

北風 북풍

國風 邶風 국풍 패풍

莫赤匪狐 막적비호　莫黑匪烏 막흑비오　惠而好我 혜이호아　携手同車 휴수동거　其虛其邪 기허기서　既亟只且 기극지저

北風其喈 북풍기개　雨雪其霏 우설기비　惠而好我 혜이호아　携手同歸 휴수동귀　其虛其邪 기허기서　既亟只且 기극지저

北風其凉 북풍기량　雨雪其雱 우설기방　惠而好我 혜이호아　携手同行 휴수동행　其虛其邪 기허기서　既亟只且 기극지저

定之方中 (정지방중)

靈雨既零 (영우기령)
命彼倌人 (명피관인)
星言夙駕 (성언숙가)
說于桑田 (세우상전)
匪直也人 (비직야인)
秉心塞淵 (병심색연)
騋牝三千 (내빈삼천)

升彼虛矣 (승피허의)
以望楚矣 (이망초의)
望楚與堂 (망초여당)
景山與京 (경산여경)
降觀于桑 (강관우상)
卜云其吉 (복운기길)
終焉允臧 (종언윤장)

定之方中 (정지방중)
作于楚宮 (작우초궁)
揆之以日 (규지이일)
作于楚室 (작우초실)
樹之榛栗 (수지진율)
椅桐梓漆 (의동재칠)
爰伐琴瑟 (원벌금슬)

定之方中 (정지방중)

國風 鄘風 (국풍 용풍)

河廣 (하광)

誰謂河廣 (수위하광)
一葦杭之 (일위항지)
誰謂宋遠 (수위송원)
跂予望之 (기여망지)

誰謂河廣 (수위하광)
曾不容刀 (증불용도)
誰謂宋遠 (수위송원)
曾不崇朝 (증불숭조)

國風 衛風 (국풍 위풍)

彼黍離離 (피서리리)
彼稷之實 (피직지실)
行邁靡靡 (행매미미)
中心如噎 (중심여열)
知我者 (지아자)
謂我心憂 (위아심우)
不知我者 (부지아자)
謂我何求 (위아하구)
悠悠蒼天 (유유창천)
此何人哉 (차하인재)

彼黍離離 (피서리리)
彼稷之穗 (피직지수)
行邁靡靡 (행매미미)
中心如醉 (중심여취)
知我者 (지아자)
謂我心憂 (위아심우)
不知我者 (부지아자)
謂我何求 (위아하구)
悠悠蒼天 (유유창천)
此何人哉 (차하인재)

彼黍離離 (피서리리)
彼稷之苗 (피직지묘)
行邁靡靡 (행매미미)
中心搖搖 (중심요요)
知我者 (지아자)
謂我心憂 (위아심우)
不知我者 (부지아자)
謂我何求 (위아하구)
悠悠蒼天 (유유창천)
此何人哉 (차하인재)

黍離 (서리)

國風 王風 (국풍 왕풍)

投我以木李 (투아이목리)
報之以瓊玖 (보지이경구)
匪報也 (비보야)
永以爲好也 (영이위호야)

投我以木桃 (투아이목도)
報之以瓊瑤 (보지이경요)
匪報也 (비보야)
永以爲好也 (영이위호야)

投我以木瓜 (투아이목과)
報之以瓊琚 (보지이경거)
匪報也 (비보야)
永以爲好也 (영이위호야)

木瓜 (목과)

國風 衛風 (국풍 위풍)

君子陽陽 군자양양

國風 王風 국풍 왕풍

君子陽陽(군자양양) 左執簧(좌집황) 右招我由房(우초아유방) 其樂只且(기락지저)

君子陶陶(군자도도) 左執翿(좌집도) 右招我由敖(우초아유오) 其樂只且(기락지저)

兎爰 토원

國風 王風 국풍 왕풍

有兎爰爰(유토원원) 雉離于羅(치리우라) 我生之初(아생지초) 尚無爲(상무위) 我生之後(아생지후) 逢此百罹(봉차백리) 尚寐無吪(상매무와)

有兎爰爰(유토원원) 雉離于罦(치리우부) 我生之初(아생지초) 尚無造(상무조) 我生之後(아생지후) 逢此百憂(봉차백우) 尚寐無覺(상매무교)

有兎爰爰(유토원원) 雉離于罝(치리우동) 我生之初(아생지초) 尚無庸(상무용) 我生之後(아생지후) 逢此百凶(봉차백흉) 尚寐無聰(상매무총)

蘀兮 탁혜

蘀兮蘀兮 탁혜탁혜
風其漂女 풍기표여
叔兮伯兮 숙혜백혜
倡予要女 창여요여

蘀兮蘀兮 탁혜탁혜
風其吹女 풍기취여
叔兮伯兮 숙혜백혜
倡予和女 창여화여

國風 鄭風 국풍 정풍

緇衣 치의

緇衣之宜兮 치의지의혜
敝予又改爲兮 폐여우개위혜
適子之館兮 적자지관혜
還予授子之粲兮 선여수자지찬혜

緇衣之好兮 치의지호혜
敝予又改造兮 폐여우개조혜
適子之館兮 적자지관혜
還予授子之粲兮 선여수자지찬혜

緇衣之蓆兮 치의지석혜
敝予又改作兮 폐여우개작혜
適子之館兮 적자지관혜
還予授子之粲兮 선여수자지찬혜

國風 鄭風 국풍 정풍

子衿 자금

國風 鄭風 국풍 정풍

挑兮達兮 在城闕兮 一日不見 如三月兮
도혜 달혜 재성 궐혜 일일 불견 여삼월혜

青青子佩 悠悠我思 縱我不往 子寧不來
청청자패 유유아사 종아불왕 자녕불래

青青子衿 悠悠我心 縱我不往 子寧不嗣音
청청자금 유유아심 종아불왕 자녕불사음

東門之墠 동문지선

國風 鄭風 국풍 정풍

東門之栗 有踐家室 豈不爾思 子不我卽
동문지율 유천가실 기불이사 자불아즉

東門之墠 茹藘在阪 其室則邇 其人甚遠
동문지선 여려재판 기실즉이 기인심원

東方未明 동방미명 國風 齊風 국풍 제풍

東方未明 동방미명
顚倒衣裳 전도의상
顚之倒之 전지도지
自公召之 자공소지

東方未晞 동방미희
顚倒裳衣 전도상의
倒之顚之 도지전지
自公令之 자공령지

折柳樊圃 절류번포
狂夫瞿瞿 광부구구
不能晨夜 불능신야
不夙則莫 불숙즉모

野有蔓草 야유만초 國風 鄭風 국풍 정풍

野有蔓草 야유만초
零露溥兮 영로단혜
有美一人 유미일인
淸揚婉兮 청양완혜
邂逅相遇 해후상우
適我願兮 적아원혜

野有蔓草 야유만초
零露瀼瀼 영로양양
有美一人 유미일인
婉如淸揚 완여청양
邂逅相遇 해후상우
與子偕臧 여자해장

山有樞 산유추

國風 魏風 국풍 당풍

山有漆　隰有栗　子有酒食　何不日鼓瑟　且以喜樂　且以永日　宛其死矣　他人入室
산유칠　습유률　자유주식　하불일고슬　차이희락　차이영일　완기사의　타인입실

山有栲　隰有杻　子有廷內　弗洒弗埽　子有鍾鼓　弗鼓弗考　宛其死矣　他人是保
산유고　습유뉴　자유정내　불쇄불소　자유종고　불고불고　완기사의　타인시보

山有樞　隰有榆　子有衣裳　弗曳弗婁　子有車馬　弗馳弗驅　宛其死矣　他人是愉
산유추　습유유　자유의상　불예불루　자유거마　불치불구　완기사의　타인시유

園有桃 원유도

國風 魏風 국풍 위풍

其誰知之　蓋亦勿思
기수지지　개역물사

園有棘　其實之食　心之憂矣　聊以行國　不知我者　謂我士也罔極　彼人是哉　子曰何其　心之憂矣　其誰知之
원유극　기실지식　심지우의　료이행국　부지아자　위아사야망극　피인시재　자왈하기　심지우의　기수지지

園有桃　其實之殽　心之憂矣　我歌且謠　不知我者　謂我士也驕　彼人是哉　子曰何其　心之憂矣　其誰知之
원유도　기실지효　심지우의　아가차요　부지아자　위아사야교　피인시재　자왈하기　심지우의　기수지지

葛生 갈생

國風 唐風 국풍 당풍

角(각)枕(침)粲(찬)兮(혜) 錦(금)衾(금)爛(란)兮(혜) 予(여)美(미)亡(무)此(차) 誰(수)與(여)獨(독)旦(단)

葛(갈)生(생)蒙(몽)棘(극) 蘞(렴)蔓(만)于(우)域(역) 予(여)美(미)亡(무)此(차) 誰(수)與(여)獨(독)息(식)

葛(갈)生(생)蒙(몽)楚(초) 蘞(렴)蔓(만)于(우)野(야) 予(여)美(미)亡(무)此(차) 誰(수)與(여)獨(독)處(처)

綢繆 주무

國風 唐風 국풍 당풍

綢(주)繆(무)束(속)楚(초) 三(삼)星(성)在(재)戶(호) 今(금)夕(석)何(하)夕(석) 見(견)此(차)粲(찬)者(자) 子(자)兮(혜)子(자)兮(혜) 如(여)此(차)粲(찬)者(자)何(하)

綢(주)繆(무)束(속)芻(추) 三(삼)星(성)在(재)隅(우) 今(금)夕(석)何(하)夕(석) 見(견)此(차)邂(해)逅(후) 子(자)兮(혜)子(자)兮(혜) 如(여)此(차)邂(해)逅(후)后(하)何

綢(주)繆(무)束(속)薪(신) 三(삼)星(성)在(재)天(천) 今(금)夕(석)何(하)夕(석) 見(견)此(차)良(량)人(인) 子(자)兮(혜)子(자)兮(혜) 如(여)此(차)良(량)人(인)何(하)

蒹葭
겸가

國風 秦風
국풍 진풍

蒹葭采采　겸가채채
白露未已　백로미이
所謂伊人　소위이인
在水之涘　재수지사
遡洄從之　소회종지
道阻且右　도조차우
遡游從之　소유종지
宛在水中沚　완재수중지

蒹葭淒淒　겸가처처
白露未晞　백로미희
所謂伊人　소위이인
在水之湄　재수지미
遡洄從之　소회종지
道阻且躋　도조차제
遡游從之　소유종지
宛在水中坻　완재수중지

蒹葭蒼蒼　겸가창창
白露爲霜　백로위상
所謂伊人　소위이인
在水一方　재수일방
遡洄從之　소회종지
道阻且長　도조차장
遡游從之　소유종지
宛在水中央　완재수중앙

冬之夜　동지야
夏之日　하지일
百歲之後　백세지후
歸于其室　귀우기실

夏之日　하지일
冬之夜　동지야
百歲之後　백세지후
歸于其居　귀우기거

權輿 권여

國風 秦風 국풍 진풍

於我乎 어아호 每食四簋 매식사궤 今也 금야 每食無餘 매식무여 于嗟乎 우차호 不承權輿 불승권여

於我乎 어아호 每食不飽 매식불포 今也 금야 夏屋渠渠 하옥거거 于嗟乎 우차호 不承權輿 불승권여

東門之楊 동문지양

國風 陳風 국풍 진풍

東門之楊 동문지양 其葉牂牂 기엽장장 昏以爲期 혼이위기 明星煌煌 명성황황

東門之楊 동문지양 其葉肺肺 기엽폐폐 昏以爲期 혼이위기 明星晢晢 명성제제

隰有萇楚 습유장초

國風 檜風 국풍 회풍

隰有萇楚 습유장초
猗儺其實 아나기실
夭之沃沃 요지옥옥
樂子之無室 낙자지무실

隰有萇楚 습유장초
猗儺其華 아나기화
夭之沃沃 요지옥옥
樂子之無家 낙자지무가

隰有萇楚 습유장초
猗儺其枝 아나기지
夭之沃沃 요지옥옥
樂子之無知 낙자지무지

月出 월출

國風 陳風 국풍 진풍

月出照兮 월출조혜
佼人燎兮 교인료혜
舒夭紹兮 서요소혜
勞心慘兮 노심참혜

月出皓兮 월출호혜
佼人懰兮 교인류혜
舒懮受兮 서우수혜
勞心慅兮 노심초혜

月出皎兮 월출교혜
佼人僚兮 교인료혜
舒窈糾兮 서요교혜
勞心悄兮 노심초혜

鹿鳴　녹명

小雅　鹿鳴之什　소아　녹명지십

呦呦鹿鳴　食野之苹　我有嘉賓　鼓瑟鼓琴　鼓瑟鼓琴　和樂且湛　我有旨酒　以燕樂嘉賓之心

呦呦鹿鳴　食野之蒿　我有嘉賓　德音孔昭　視民不恌　君子是則是傚　我有旨酒　嘉賓式燕以敖

呦呦鹿鳴　食野之苹　我有嘉賓　鼓瑟吹笙　吹笙鼓簧　承筐是將　人之好我　示我周行

蜉蝣　부유

國風　曹風　국풍　조풍

蜉蝣之羽　衣裳楚楚　心之憂矣　於我歸處

蜉蝣之翼　采采衣服　心之憂矣　於我歸息

蜉蝣掘閱　麻衣如雪　心之憂矣　於我歸說

常棣 상체

小雅 鹿鳴之什 소아 녹명지십

宜爾室家 의이실가
樂爾妻帑 락이처노
是究是圖 시구시도
亶其然乎 단기연호

妻子好合 처자호합
如鼓瑟琴 여고슬금
兄弟既翕 형제기흡
和樂且湛 화락차담

儐爾籩豆 빈이변두
飮酒之飫 음주지어
兄弟既具 형제기구
和樂且孺 화락차유

喪亂既平 상란기평
既安且寧 기안차녕
雖有兄弟 수유형제
不如友生 불여우생

兄弟鬩于牆 형제혁우장
外禦其務 외어기무
每有良朋 매유량붕
烝也無戎 증야무융

脊令在原 척령재원
兄弟急難 형제급난
每有良朋 매유량붕
況也永歎 황야영탄

死喪之威 사상지위
兄弟孔懷 형제공회
原隰裒矣 원습부의
兄弟求矣 형제구의

常棣之華 상체지화
鄂不韡韡 악불위위
凡今之人 범금지인
莫如兄弟 막여형제

習習谷風　維山崔嵬　無草不死　無木不萎　忘我大德　思我小怨

谷風

　　　小雅　小旻之什

夜如何其　夜未央　庭燎之光　君子至止　鸞聲將將
夜如何其　夜未艾　庭燎晣晣　君子至止　鸞聲噦噦
夜如何其　夜鄉晨　庭燎有輝　君子至止　言觀其旂

庭燎

　　　小雅　彤弓之什

習習谷風　維風及頹　將恐將懼　寘予于懷　將安將樂　棄予如遺
習習谷風　維風及雨　將恐將懼　維予與女　將安將樂　女轉棄予

蓼莪
육아

蓼蓼者莪 匪莪伊蒿 哀哀父母 生我劬勞
육육자아 비아이호 애애부모 생아구로

蓼蓼者莪 匪莪伊蔚 哀哀父母 生我勞瘁
육육자아 비아이위 애애부모 생아로췌

缾之罄矣 維罍之恥 鮮民之生 不如死之久矣 無父何怙 無母何恃 出則銜恤 入則靡至
병지경의 유뢰지치 선민지생 불여사지구의 무부하호 무모하시 출즉함휼 입즉미지

父兮生我 母兮鞠我 拊我畜我 長我育我 顧我復我 出入腹我 欲報之德 昊天罔極
부혜생아 모혜국아 부아휵아 장아육아 고아복아 출입복아 욕보지덕 호천망극

南山烈烈 飄風發發 民莫不穀 我獨何害
남산열렬 표풍발발 민막불곡 아독하해

南山律律 飄風弗弗 民莫不穀 我獨不卒
남산율률 표풍불불 민막불곡 아독부졸

四月　사월

山有蕨薇　산유궐미
隰有杞桋　습유기이
君子作歌　군자작가
維以告哀　유이고애

匪鶉匪鳶　비단비연
翰飛戾天　한비려천
匪鱣匪鮪　비전비유
潛逃于淵　잠도우연

滔滔江漢　도도강한
南國之紀　남국지기
盡瘁以仕　진췌이사
寧莫我有　영막아유

相彼泉水　상피천수
載淸載濁　재청재탁
我日構禍　아일구화
曷云能穀　갈운능곡

山有嘉卉　산유가훼
侯栗侯梅　후율후매
廢爲殘賊　폐위잔적
莫知其尤　막지기우

冬日烈烈　동일열렬
飄風發發　표풍발발
民莫不穀　민막불곡
我獨何害　아독하해

秋日凄凄　추일처처
百卉具腓　백훼구비
亂離瘼矣　난리막의
爰其適歸　원기적귀

四月維夏　사월유하
六月徂暑　유월조서
先祖匪人　선조비인
胡寧忍予　호녕인여

小雅　小旻之什　소아　소민지십

牂羊墳首 三星在罶 人可以食 鮮可以飽
장양분수 삼성재류 인가이식 선가이포

苕之華 其葉靑靑 知我如此 不如無生
초지화 기엽청청 지아여차 불여무생

苕之華 芸其黃矣 心之憂矣 維其傷矣
초지화 운기황의 심지우의 유기상의

苕之華
초지화

小雅 都人士之什
소아 도인사지십

시
가
된
미
래
에
서

1판 1쇄 펴냄 2024년 11월 18일

지은이 최다정
펴낸이 손문경
펴낸곳 아침달

편집 서윤후, 정채영, 이기리
디자인 정유경, 한유미

출판등록 제2013-000289호
주소 04029 서울시 마포구 양화로7길 83, 5층
전화 02-3446-5238
팩스 02-3446-5208
전자우편 achimdalbooks@gmail.com

ⓒ 최다정, 2024
ISBN 979-11-94324-09-6 03810